사람이 기도를 울게 하는 순서

홍지호 시집

문학동네시인선 147 홍지호

사람이 기도를 울게 하는 순서

시인의 말

어떤 땅에서는 걸을 때마다
개미들이 죽었다

쓰고
지우지 못한 문장들과

지워지는 방식으로 웅성거리는
친구들에게

안부를 묻습니다

2020년 9월
홍지호

차례

5부 나는 기록해두었기 때문에 기록되었다

1부

간밤에는 정말 미안한 일이 많았다

월요일

처음은 자꾸 지나간다
관대한 척을 하면서
키스가 있었다
하루종일 숨을 쉴 때마다
당신이 숨쉴 때 나는 냄새가
들락날락거렸다
바퀴가 터진 스쿠터처럼
처음은 지나갔고 이제 키스를 해도
당신의 숨이 들락거리지는 않는다

처음이 지나간 후에도 나는 자꾸
처음이에요 라고 말하게 되었다
처음이라고 하면 선생이 되어주니까
선생들이 늘어가고
미숙함을 이해해주었다
초범이라는 단어가 형량을 줄이는 것처럼
데뷔작을 태워버리고
차기작을 발표한 작가가 있다면
그리워하겠지
형량은 늘어날 것이다

찾고 있던 신에게
질문할 기회가 생긴다면

처음으로 하고 싶은 질문이 있다
나를 만든 건 처음이지요?
세상을 만든 것도 처음이지요?
그러면
봐줄 수도 있을 거 같다

화요일
—철거

비가 내리고 겨울인데 비가 내리고 우리는 이 밤을 이렇게밖에 보낼 줄 모르고 모닥불 피웠다 불이 붙었다 누군가 불은 붙어 있는 것인가 매달려 있는 것인가 이야기하며 웃는 소리가 사방의 벽에 옮겨붙어 떨어지지 않는다 흔들리고 있었다

바람과 비가 들이치는 창틀은 창이 있었던 자리라는 것을 말해주고 있었다 아무도 사용하지 않는 건축물 안에서 우리는 추위를 이렇게밖에 견딜 줄 모르고 아무것도 하지 않았는데 붙어버린 것이다 창틀은 창을 생각하게 하고 있다 매달려 있는 것인가

오늘은 달이 없네 말하자 오늘은 달이 안 보이네 라고 고쳐주는 목소리가 울린다 달이 안 보인다 어제는 보았다 저기 주택가의 불빛이 달빛이라고 생각하자 말해주는 목소리가 울린다 그러나 저건 달빛이 아니고

춤추는 모닥불 뒤로 사방의 벽에 그림자가 매달려 있다 불러도 그림자는 대답이 없다 그림자끼리 이야기하게 두었다 친구는 그저께 죽었다

친구의 그림자는 친구의 그림자

여기에서 나는 은유를 잃어버렸던 것 같다

*

사람들은 공포를 느끼고 있었다 아무 일도 일어나지 않은
폐건물을 지나칠 때 공포는 조성되는 것이다

나는 기록해두었기 때문에 기록되었다

녹이 슬어 있었다 안내문에는
철거 후 정원이 조성될 예정이라고 쓰여 있었다

안국역

친구와 안국에서 만나기로 했습니다
친구는 나타나지 않았습니다
어제 마신 술과 어제 들은 이야기가 힘들었을 것입니다

귀신을 본다는 친구의 말을 믿어주지 않았습니다

자꾸 말을 걸어
자꾸 말을 걸어서 힘들다고 했습니다

친구는 무슨 말을 들으면 알려주겠다고 했습니다

못 믿겠다는 말을 하지는 못했습니다

친구가 울면서
이게 시냐, 내가 시를 쓰고 있는 것이 맞으냐
물었습니다

나에게는 친구가 중요하다고 했습니다 친구가
중요하다고 했습니다

친구는 나타나지 않았습니다 우리는 안국에서 만나기로
했습니다

들려줄 이야기가 있다고 했습니다

안국역에는 사람이 많았으나
귀신은 육체가 없다고 들었습니다

이제 친구의 말을 들어줄 수 있겠다는 생각이 들었지만
나의 육체는 친구를 믿을 수 없다는 것을 인정해야 합니다

안국역의 대합실은 지하 1층과 지하 2층에
승강장은 지하 3층에 있으며, 출구는 6개입니다.

믿을 수 없는데도
청력을 극복하여 들리는 소리가 있었습니다

친구야
여기가 안국이냐
여기가 정말 안국이 맞으냐

친구는 아직 안국을 찾지 못한 모양입니다

나는 아직 친구를 믿지 못하는 육신이며

안국에서 만나자 꼭 안국에서 만나자
울먹거렸습니다

참배

세상의 모든 기둥이 울고 있다

기둥은 감당하는 것

세상은 신전이었다

사람들은 계속
신전 기둥에 쓰여 있는 말씀들을
잘못 해석했으므로

항상 기뻐하라는 문장은 또한
잘못 해석되었으므로

슬픔
그것은 오래된 이야기

사랑이었던 것에 관해 이야기할 때
나는 어떤 남자의 슬픈 이야기를 알고 있다

그것은 오래된 일이다.
내가 사랑하는 사람은 매일같이 옷가게에 드나들었다. 그 마네킹을 보려고, 냄새를 맡지도 만져보지도 않았다. 항상 이 자리에 있어줘서 고맙다, 너를 보면 슬픔이 슬프지 않아.

생각이 그를 사로잡고 있었다. 어느 날 그가 마네킹을 살 수 있느냐고 물었다. 그는 꼭 그 마네킹이어야 한다고 했다.

그가 물을 때 주인은 무서운 생각을 하고 있었고, 그날 밤 마네킹의 옷을 벗겼다. 그 마네킹은 팔고 싶지 않았으므로 미안하지만 정말 미안하지만, 중얼거리면서

다음날, 아무도 그 마네킹을 알아보지 못했다. 그는 행복했다. 구별하는 방법을 몰랐으므로. 하나의 사랑이 끝나가고 있었다. 이제 아무도 그 마네킹을 알아보지 못한다. 하지만

이야기 속의 누구도 슬프지 않았다.

서사에 관한 강의 시간에 선생님들이
이야기를 지탱하는 힘은 무엇인가, 질문할 때마다
아무도

슬픔입니다
대답하지 않았다

누구도 슬퍼하지 않는 이야기의
슬픔은 어디에서 오는가
묻는다면

아마도

전지적 작가 시점

이제 슬픔은
이야기를 아는
우리들의 몫이다

슬픔은 감당하는 것

기둥이었다

토요일

친구야 너는 육손이였지
친구들에게
여섯번째 손가락이 있던 자리를 보여줄 때
나는 너의 흉터가 부러웠어 친구들의 눈동자와
여섯번째 상상력과

기차를 타면 자꾸만 풍경이 지나간다
풍경은 한 번도 지나간 적이 없다는 것을
알았을 때 귀밑에서 손가락이 만져졌지

친구야 너는 토요일에 죽었지
다른 친구들의 눈동자가
너의 사인(死因)을 자살이라고 적을 때
나는 추락사라고 쓰고 있다

어떤 책에는 신이 인간을
여섯번째 날에 만들었다고 기록되어 있어
여섯번째 날에 태어난 사람들이 자꾸 돌아다닌다
지나가지 않는다

나는 언제나 신의 손가락 개수가 궁금했었어
그건 쓰여 있지 않아서
알 수 없었지만

나는 그가 육손이였으면 좋겠다
여섯번째 날에 세어볼 수 있게

너처럼 잘라버렸다면
상상으로라도 아플 수 있게

네가 잘라버린 손가락을 무의미라고 부를 때
나는 말해주지 못했다
무의미는
무의미한가

친구야 오늘은 토요일이야
너는 토요일을 셀 수 있었지
내일은 무의미한 예배를 드리자

귀밑에서 자꾸 의심이 자란다

가창력

내가 좋아하는 가수는 노래를 못한다네
가수는 노래를 부르는 사람이지만
노래를 부른다고 모두 가수가 될 수는 없다네

노래는 노래를 낳지만
가수가 가수를 낳는 건 아니라네

호흡
호흡이 짧은 그는 자주 숨을 쉬어야 하며
선곡
언제나 저음과 고음이 많은 어려운 노래를 고른다네
한 번도 노래를 가지고 놀아본 적이 없다네

히트곡
아무도 그의 노래를
기억하지 않는다네 다만
그는 노래를 끝까지 부르는 가수고
노래를 잘하지 못한다네

무대에서
떨고 있다네
떨림만이 그의 노래를 지탱하고 있다네 떨림으로
밴드는 멈추지 않는다네

노래한다네

내가 좋아하는 가수는 노래를 못한다네
그것은 슬픈 일이라네

그것이 슬픈 일인 이유는
노래가 끝나도 아무도 박수치지 않아서
앙콜을 외치지 않아서도 아니라네

노래를 못하는 그에게도 노래가
전부라는 걸 알고 있기 때문도

노래가 끝나고 그가 몸을 가누기 힘들 정도로
울고 있었기 때문도 아니라네
내가 그를 좋아하기 때문이라네

언제나 누군가 누군가를 좋아하기 때문이라네

천장에 달려 있는 것은 형광등 같은 것이 아니었고

나는 다만 발견할 수 있는
이해할 수 없는 문장이 천장으로 지나간다
친구들아 친구가 친구를 발견하는 것처럼 거짓말처럼 천장이 말을 걸어줄 때가 있지
천장이 빙빙 돈다 천장이 돈다고 하늘이 돌고 있는 것은 아니지 말을 거는 것도 아니지
불이 깜빡거리는 것은 눈을 깜빡거리는 것과는 다른 일이지
나는 형광등을 갈아야 한다

너희들을 누가 불렀는지 모른다 지금은 천장이 더이상 천장이 아니고
불이 깜빡거려도 천장에서는 별이 발견되지 않는다
별이 없는 곳에서는 별자리도 찾을 수 없지 무엇과 무엇을 이어야 할지 모르고
천장에서는
무엇을 이어도 별자리는 완성되지 않지

천장이 뒤집어지는 생각을 한다
바닥이겠지 우리가 주로 생활하는 곳은 바닥이므로
우리는 천장에 살겠지
양들은 땅에서 풀을 뜯고 있고

친구들을 기념하는 묘비는 바닥에 있으므로
내일 눈을 뜨면 나는 하늘이 높다고 하지 못하게 될 것이다

너희들이 깜빡거린다 나는 갈아끼울 무언가가 없고
점멸하는 얼굴
나는 잊어야 한다

컷트

미용실에서 머리를 자르며 거울 속에서 잘려나가는 머리카락을 보며 또한 잘려나갔던 무언가를 상상하며 흐느끼는 거울 속 가위
변주가 핵심인 히든트랙이 흘러나오는 오디오에서 또한 흘러나오는 퍼런 새벽 서슬

새로운 머리와 새로운 생활 긴 싸움의 끝
다른 싸움이 기다리는 곳

곧 누가 문을 두드렸나요
문을 열려고 하는 사람
누군가요

히든트랙까지 들었으니 많이 잘라내야 했다 당연한 건 없어 분명하게 말했다
당연한 건 없지
그래 없지

그 대목에서 아무 말도 하지 말걸
그 대목에서는 무슨 말이라도 할걸

세상에는 중요한 것들만 있다 더 중요한 것이 있을 뿐이야
더 중요한 것이 생겨서 문제야

그게 누군가요

긴
새벽도 지나간다는 생각

생각 앞에 무너지는 기장
무너지는 히든트랙
부서지는 퍼런 이름 서슬

찰칵찰칵 가위소리
소리
소리라고 충분히 써도 소리라고 써도
들리지 않는다

보이지 않는 이름
쓰면 보인다 이름 이름 이름 이름
이름이라고 써도
들리지 않는다

새벽이라고 아무리 써도
길은 보이지 않는다 새벽으로 가는 이름
아무리 써도

무너지는 기장
무너지는 히든트랙
부서지는 이름 새벽으로 가는

잘려나갔던 무언가를 상상하며 거울 속 가위에게
다시 한번 컷트를 위탁하는 거울 속에서 잘려나가는
그 대목에서

아무 말도 하지 말걸
무슨 말이라도 할걸

긴
생각도 지나간다는 새벽

중요한 싸움이 기다리는 곳

까맣고

나에게는 어린 까마귀들이 있다

어린 까마귀는
까마귀로 태어나서 까마귀가 되어야만 까악

나는 까마귀가 되어본 적도 없으면서
까마귀 운다고 쓴다

아무도 울지 않는 세상에서
나는 세상의 모든 아름다운 새들을
더러운 문장으로 울려버릴 수 있고
하얗고 더러운 새장에 나의 까마귀를 가둘 수도 있다

나는 병원에서 새장을 생각했다

의사들은 나를 둘러싸고
아프지 않게 해주는
몸에 좋지 않은 것들을 먹여주면서
나를 하얗게

들여다보는 것처럼
자꾸 내가 아프다고 한다

이렇게 아픈 날이면
까마귀가 더
까맣게 보이고

나는 나의 어린 까마귀들을 자꾸만 하얗게
하얗게

술에 취해서
전봇대 앞에 선 사람처럼 이런 게 왜 여기 있어
거울 앞에서
아무래도 잘못 만들어진 거 같아요

나는 한 번도 나를 만들어본 적도 없으면서
어린 까마귀들을 하얗게

당신은 나를 까맣게

나의 어린 까마귀들아
울고 있니
거울을 보고
아무도 울지 않아도
너라도 울고 있다면
다행이다

까마귀가 까악

까맣게 운다

검은 개

개들에게 물어볼 수 없다 정말 노래 부르고 있는 것인지
간밤에 무슨 일이 있었는지

앉아서 새가 내는 소리와 공사장에서 공사하는 소리를 듣고 있다

정말 미안한 일이 있었다
어릴 때 생활이 어려워져서

키우던 개를 시골 할머니 댁에 두고 온 적 있었다
할머니는 검은 개를 묶어 키웠다

검은 개가 죽고 나서 나는 대학에 갔다
겁이 많은 아이였다는 것은 최근에 생각났다

검은 개가 죽었다는 것은 전화로 들었다
검은 개를 두고 올 때 차를 타고 떠나며 일부러 돌아보지 않았다는 것은
최근에 생각났다

정말 미안하다고 말하지 않았던 것도
잊고 있었다는 것도

너를 두고 왔다 겁이 많은 너를 돌아보지 않았다
개가 짖으니까 다른 개들이 같이 짖는다

잊지 않을 거라는 말은 거짓말이 된다
가끔씩 생각날 거라는 말은 진심이 된다
나는 순수했던 적 없다는 말도

검은 새가 대신 울어주고 있다는 말은 거짓이 될 수 있다
개들에게는 물어볼 수 없다

아침이라 공사가 재개되었다

간밤에는 정말 미안한 일이 많았다

토로

바람은 어딘가에서 쏟아진 마음이라는 말
책임질 수 있니

쏟아졌으므로 기억할 수 있다는 말도

아스팔트 위로 쏟아진 물이 빠르게 증발하고 있었습니다
속성을 벗어나 속성으로 증발하는 것이
쏟아진 물을 바라보는 사람의 습성입니다

건조한 계절입니다
매달려 있던 것들이 낙하하는 것입니다
부러 그러려고 하지 않아도

건조해지는 계절입니다

바람이 크게 불면 후두둑 잎이 떨어지고
빗방울이 후두둑 떨어지는 것은
그러려고 하지 않아도
그렇게 되는 것입니다

비가 쏟아지면서
물이 쏟아졌던 자리는 이제
유별나지 않아 보입니다

부러 그러려고 하지 않아도
물이 쏟아졌던 자리를 떠나지 못하는 것은
쏟아진 물을 바라보는 사람의 습성입니다

고향

너는 거기 있다

집에 내려가면 어머니가 계시고
마당에는 고양이가 산다
고양이를 보면 왜 아는 사람들을 생각하는지

읽지도 않을 책을 가방에 가득 넣고, 라고 쓰려다
잊지도 않을, 이라고 쓰고 있었네

고양이였다면 상처 주지 않았을까 생각했습니다

기침을 하자 자리로 돌아갑니다
뒷모습과 돌아가는 길을 오래 바라보았지
나는 한 번도 걷지 못할 길이었습니다

고양이를 만졌던 오른손을 바라보며
다음에는 빈손으로
오지 말아야지 다짐했습니다

오른손으로는 오른눈을 비벼도
왼눈이 충혈되고
충혈은 눈물과 무관한 응시였습니다

고양이가 걷는 길을 따라가자
얼굴에 거미줄이 붙는다
인간이 다니지 않는 길이었습니다

당신이 결혼하자 했을 때는 많이 놀랐는데
결혼한다 했을 때는 놀라지 않았습니다

집에 내려가면 어머니가 계시고
마당에는 고양이

무거운 가방을 메고 오래 걸었습니다

다음에는 빈손으로도
오지 말아야지 다짐했습니다
나는 여기에 있습니다

로비

이곳은 로비다. 그들은 로비에 마주앉아 있다. 로비에는 약간의 음악이 흐르고, 그들은 약간의 음악이라는 표현이 완전하지 않다고 생각한다. 그렇지만 완전히 틀리지도 않은. 로비는 분주하지만 고요하다. 음악은 그들이 평소에 좋아하던 아티스트의 리믹스 앨범 수록곡이고.

나무가 흔들려서 슬픈 것 같다고 한 사람이 중얼거린다. 그는 우리가 같은 계절을 지나는 것이라면, 이라는 제목의 노래를 생각했지만 로비에 흐르는 음악의 제목은 다른 것이다. 모든 음악은 리믹스지, 라고 누군가 생각하자 갑자기 비가 쏟아지기 시작했다. 비를 피해 많은 사람들이 로비로 들어왔고 비가 내리면 안과 밖의 경계가 선명해졌다.

그들은 이제 창밖의 풍경을 함께 바라보고 있다. 마주앉은 사람도, 나무가 흔들려서 정말로 슬퍼 보이네, 중얼거렸고. 이제는 계절 때문이 아니라는 것을 알게 될 것이다. 도로에 심겨 있는 여러 그루의 나무 중 유독 한 그루의 나무만 흔들리고 있는 것을 보았을 때. 로비는 오래 머물기 위한 곳이 아니지. 누군가 말했고 그들은 밖으로 나갔다.

그들이 떠나고 로비에서 처음 들어보는 음악을 누군가 듣는다. 음악의 리듬은 로비의 고요와 더 어울리지만 창밖의 풍경과 음악의 개연성이 무시할 만한 수준은 아니다. 로비는 잠깐 머무는 곳. 그러므로 로비는 완전하지 않고, 그러므로 누군가에게는 로비를 떠나는 것이 쉽지 않은 일이다.

비 내리는 창밖에 한 그루의 나무만이 흔들리고 있다. 부득이한 사정으로 나무는 스스로 흔들지 못한다는 것을 그는 알고 있었다.

유기

사랑스러운 강아지였겠지 누군가 버린
개는 기다리고 있었다

어떤 심정으로 시작되었을 아름다운 이야기는
그냥 그것에 관한 오래된 이야기가 되었고

아름다웠지

말할 때는
시제가 슬프게 느껴졌다

겨울인데도 비가 오는 날에
나는 너무 슬퍼져서
말해주고 말았다

돌아오지 않을 거야! 돌아오지 않으면서!
돌아오지 못한다고 할 거야!

말해준 것을 후회하지 않았고
기다리지 않았으면 좋겠다고 생각하던 어느 날
사랑스러운 개가

나도 알아

라고 말해주었다

겨울이었다

겨울이 오기 전에
먼저 떠나버린 친구들은 너도 어차피
떠날 거라고 말해주었다

더이상은 좋은 것을 찾으렴
너를 믿어주는 신은 있을 수도 있지만 없을 수도 있단다

그럴 수도 있다고 생각했다
나는 믿었다
첫번째는 죽고 두번째는 죽지 않는 것
모두가 어차피

어차피라고 명명하는 겨울이 오고 있었고 좋은 것이
좋다고 믿는 사람들이
아름다워 보이지 않았다

아무리 따뜻하다고 믿어도 겨울은 추운 법
겨울이 말해주고 있었지만

비가 오지 않는 겨울인데도
비가 오는 날
어떤 심정으로

나는 중얼거렸다

나도 알아 나도
알아

겨울이 오면 버려야 하는 것을

겨울이라고 버릴 수 없었다

2부

지금은 어디서든 삼청동에 살고 있다

동화

셔터를 누르면 빨려들어갈 거야 사진 속으로. 경험하게 되는 거지 카메라 앞에 섰을 때 둘러싸여 있던 세계의 리듬을. 너를 찍고 있는 사람이 셔터를 누르면 돌아올 거야. 누구의 사진이라도 상관없어. 특별할 건 없고 그냥 리듬을 느끼는 거야. 사진 속에 있는 사람을 둘러싼 세계의

나는 당신의 어린 시절 사진을 들고 갔습니다 당신을 닮은 아이의 사진을. 가지런하게 손과 발을 모으고 카메라를 응시하는. 너무 의젓해 보여서 웃다가 울게 하는 사진을. 마비된 초인종처럼

셔터를 누르자 눈이 내리는 겨울의 해변
멀리서 개들이 뛰어놀고 연인들은 서로의 이름을 눈이 쌓인 백사장에 쓰고 있고
그들의 발자국과 이름을 눈이 다시 메우고

종소리가 들립니다
강아지를 좋아하는 당신은 그러나 카메라의 렌즈를 응시해야 했군요
손과 발을 모아야 했군요

손이 시려웠겠습니다 발이 시려웠겠습니다
눈이 머리 위에 조금씩 쌓이는군요

청년들이 폭죽놀이를 하고 있습니다
당신은 잠깐 불빛에 시선을 두지만

여기를 봐야지

누군가 셔터를 누릅니다

존

나는 존
존은 나의 이름일 뿐만은 아니지요

존
사람들은 나를 그렇게 부릅니다
그렇게 부르기로 결정한 사람들이 있었겠지요

나는 존 나는 혼란은 아닙니다
혼란을 일으키는. 그래서
가끔 존에게 미안한 마음이 생깁니다

창을 통해 당신이 지나가는 것을 봅니다
창을 통해 당신과 당신이 지나가는 것과 당신의 부재와
나의 마음을 보았습니다

책을 함께 읽으면서 당신이 했던 이야기를 기억합니다
문장을 읽고 또 읽으면 다른 문장이 된다
같은 문장에서 다른 문장을 발견하면 다른 사람이 되는 거야

그때마다 내가 다른 사람을 사랑하게 된다고
사랑할 수 있게 된다고 생각했습니다

창을 통해 서성이는 당신을 봅니다
창을 통해 당신과 서성이는 당신과 서성이는
나의 마음을 봅니다

우리가 좋아하는 문장과 창을 통해
나는 자꾸 나의 마음을 봅니다

서성거리지 말아주세요
나는 인간성을 버려야 합니다

나는 다만 당신을 사랑하는 존
당신을 보고 있습니다

재

우리는 불을 붙였습니다. 추위 때문이었는데요. 불을 붙이는 것은 오래전부터 전해져내려오는 방법이었습니다. 우리는 모여서 추위를. 서성이는 불꽃과 타고 있는 땔감을 보았습니다. 형태를 잃어가는. 바람에 날리지 않던 것들이 날아갈 수도 있다는 것을 배우고.

불이 꺼져갈 때 태울 것을 찾아 흩어졌습니다. 마음에 불을 품고. 그러므로 우리는 흩어지지 않았습니다. 누군가는 붙이는 법을 알려주기 위해 누군가는 배우기 위해. 언 발을 녹일 수 있다는 믿음을 품고 찾았습니다. 눈을 밟으면서도 눈물을 흘리지 않았습니다. 우리가 본 것은 꺼져가는 불씨를 살리는 방법과 발자국이었지만. 우리는 흩어지고 살리고를 반복했지만.

우리가 흩어지지 않았다고 말할 수 있었습니다.

*

겨울이 지나고
우리는 흩어졌는데요. 이곳은 더이상 설원이 아니고
발화의 목적과는 다르게
모든 불은 꺼지는 방향으로 타고 있다는 것을 알고 있습니다

겨울이 지나자 불씨를 남겨두고
우리는 진정으로 흩어졌습니다

바람에 날리지 않던 것들이 날아갈 수도 있다는 것을 배우고
발화의 목적과는 다르게
눈을 밟으며 만들었던 발자국은

눈이 녹아버린 초원에서 찾을 수 없었습니다

말하자면 말하지 않는 방식으로 말하고자 했던 말은

연소로 보여주고자 했던 설경은

씽크홀

일어날 일은 일어난다는 말에
어차피 일어날 일들에 대해 생각하는 중이다

나는 가끔 생각으로 죄를 짓기 때문에
생각이 생각에서 멈춰야 했다

가로수들의 간격이 일정했다
비슷한 크기로 자라고 있었으나

동일한 지점을 같은 시간에 당도한 차량들의
파편이 굴러다녔다
운전자에게 어차피 일어날 일이었다는 말을 하지는 못했다

함께 있을 때 너는 이제 와서 뭘 어떡하니 자주 말했지
도로에 적절하게 늘어선 가로수의 간격을 헤집고 다니면서 우리는
굴러다니는 파편들을 발로 차는 놀이를 했다

간격의 기여를 우리는 몰랐지

우리는 간격을 무시하는 사람들이었으므로
충돌을 목격하지 못했습니다
뿌리는 자라지 못했습니다

굴러다니는 파편들을 걷어차면서
가로수의 간격 속에서 충돌을 가늠하면서

나는 생각으로 죄를 짓는 사람이다
너는 내가 지은 아직까지 가장 큰 죄악이다

파편들은 일정하지 않은 간격으로 아무렇게나
널브러져 있었지

그러므로 파편이겠지

목요일

내일 당신이 죽을 것이라는 유언을 믿어도 될지 모르겠습니다. 믿지 못한다는 것은 피곤하게 합니다. 주말을 망치려고 그러시는 겁니까.

쉬고 싶어서 정원에 들어서자
의도와 다르게 먼저 있던 새가 날아갑니다

미안한 마음은 잠깐 들었습니다. 피곤했기 때문입니다.
새는 어디로 갔을까
새는 자꾸 자리를 옮겨야 합니다

이해되지 않아요

의심은 피곤하게 합니다
마음의 정원에 거하는
새가 된 당신은
이제 어디에서 쉬나요

새에게는 주말이 없습니다
유언은 죽음보다 먼저 온다고 들었으나

날아가는 새의 꽁무니를 보며 말하지 못했습니다
미안한데

아무래도 늦을 것 같습니다

새들

세 마리의 새가 갑자기 날아간다. 나무 밑에 앉아 무엇이 저들을 저렇게 놀라게 했을지 생각하다. 한 마리는 남아 있을 것이라 믿었다. 이상한 짐작. 짐작은 언제나 짐작이면 좋을 것 같았다. 날아가버린 세 마리의 새를 시선으로 따라가다가 하늘을 보았던 것을 기억한다. 하늘은 언제나 분명하지 않다고 생각했고 새들이 날아간 이유도 나로서는 분명하게 설명할 수 있는 것이 아니었다. 세 마리의 새. 세 마리의. 여전히 새의 기척을 느낄 수 없었다. 짝수를 좋아하기 때문이라고 해명했는데. 새들은 어느 방향으로 갔을까. 아무리 놀라도 사방으로 흩어지지 않는 세 마리의 새. 연대가 새들의 방향. 누군가 말해주는 것 같았다. 나는 누군가 말을 해준다는 것을 믿는다. 새는 새를 낳는다. 인간은 여자가 낳는다. 나는 새가 아니다. 그러므로 나의 방향은 하늘이 아니다.

한 마리의 새는 방향이 달랐을 뿐이라고 생각한다. 앞으로 세 마리의 새는 한 마리의 새에 관해 평생 이야기할 것이다. 한 마리의 새는 세 마리의 새와 그들의 방향에 대해 생각할 것이다. 서로를 향해 날아가지는 않을 것이다. 방향이 달랐을 뿐이다.

금요일

임종을 지키지 못했습니다
전과로 미루어보아 게으름 때문은 아닙니다

당신이 기도하던 언덕에서
그 한 발자국을 내딛지 않았으면
날아가지 않았을까요 새는
놀라지 않고

유언은 죽음보다 앞서지만
죽음 뒤에 성취되는

사람들이 너무 많이 드나드는
잘 보이는 곳에서 죽었기 때문에

당신은 계속 죽어가는 중입니다

사람들은 어떤 분야에서만큼은
결코 게으르지 않고

나는 나의 임종에는 늦지 않을 것 같습니다

하지
—불안한 신체의 일부 혹은 이 계절의 전부

알기까지 오래 걸렸습니다

오래 걸었으니 다리에 집중하게 됩니다 우리는
어디서부터 함께 걷고 있다는 생각을 멈추고
무성해진 숲을 버거워하고 있습니다

숲은 무성할수록 어두웠습니다
저린 다리를 부여잡으며
부둥켜안으며 그만 가자 그만 가자
그만 자라나자 애원해도

자라나는 것은 자라나는 것이었습니다

타들어가는 더위와 무성해지는 초록이, 이 웅성거림이 버겁다
웅성거리는 생각들과 생각을 무색하게 하는 저린 다리와
다리에서부터 시작되는 웅성거림
무성하게 자라나는 어둠의 웅성거림이 버겁다

여름이 버거웠습니다

암흑 속에서
많은 단어들이 웅성거림 속에 무력해집니다 보이지 않는

단어는
아무것도 아닌 것이라던

당신이 숲의 암흑 속에서 간신히
불안감
말했을 때

아무것도 아닌 것은 없었습니다

돌아서는 것은 행위가 아니라 마음이었습니다

알기까지 오래 걸렸습니다

너무 상투적인 삼청동

사랑하지 않고는 쓸 수 없는 다짐들
헤어지지 않고는 적을 수 없는 예언과

미치지 않고서야
미칠 수 있었겠는가

견디지 않고는 견딜 수 없는
희망이라는 생각

거품처럼 거품같이
겨울처럼 겨울같이

걷다보면 걷게 된다 예언 속을

생각하다보면
생각의 끝에 도착할까
죽지 않는다고 한다면
살아갈 수 있겠는가

삼청동 길을 걷다가 문득
여기에 살고 싶다 살 수 없겠지
말했을 때

말에는 힘이 있다
살 수 있다 말해보라고
말해준 사람은 너였지

귀신들이
하는 말을 듣고 도와준다고 한 사람은 너였지

삼청동에 살고 싶다 삼청동에 살 것이다
미친 사람처럼 말하며 우리는 크게 웃었다

말에는 힘이 있다
말해준 사람은 너였는데
나는 삼청동에 살고 있다

지금은 어디서든 삼청동에 살고 있다

아는 사람

가로등은 아래를 향해 있었습니다 그것을
가로등의 관여라고 말해도 좋을지 모르겠습니다

가로등은 거짓말을 하지 않았습니다

우주가 느껴질 때 힘들어
당신이 말했습니다
그것이 느낌뿐일 수도 있지만, 이라고도 했습니다

나는 내가 아니라고 느껴질 때 힘들다고 말했습니다
비가 오는 날에
가로등의 빛보다는 방향이 선명해질 때
나는 거짓말을 할 수밖에 없었습니다

당신은 마음에서 들리는 소리가
마음의 소리가 아니라고 생각될 때
힘들다고 말했습니다

나는 당신의 말이 말뿐이라고 느껴질 때 힘들었습니다

비가 내리고 있었습니다
비는 어느 방향으로 내리고 있었습니까
알면서도 묻게 되는 밤이 있었습니다

머리부터 젖고 있었습니다
양말까지 젖을 때까지
양말이 젖는 방향이 확실하지 않다고 생각하지 못했습니다
당신은 내가 모르는 사람이 되어 있었습니다

비가 그쳐서 힘들구나 당신이 말했고

나는 모르는 사람과 걸을 때
아는 사람이 생각나서 힘들다고 말했습니다

모르는 사람

모르는 사람은 아는 사람이 될 수 있군요
모르는 사람은 점점 줄어드는군요

두렵습니다
아는 사람은
모르는 사람이 될 수 없구요

도넛의 구멍을 표류하는

당신은 헤어질 때 도넛 한 박스를 손에 쥐여주고서야 안도하는 표정을 짓곤 했는데

두고두고 먹어
이야기했었다

나는 그 도넛 같은 표정이 보고 싶어서 도넛을 받아들곤 했지

하루는 평소보다 정성을 들여 도넛을 고르더라? 몇 개쯤 도넛을 더 담더라고
두고두고 먹으라고
이야기하는 것을 잊지 않으면서
도넛의 구멍에 가까운 표정으로

마지막으로 헤어지던 날

애써 구멍을 메우려는 듯 눈물을 참으면서
이야기했었지

구멍이 없으면 도넛이 아니지?
그렇지?

불면

설원을 달리는 하얀 말을 자면서 보았으며 깨어나서는 우리가 함께 하얀 말을 타고 설원을 달렸다는 말을 지어내 들려주었다

희망을 이야기해주고 싶었는데
당신은 어쩐지 슬퍼진다고 했다

꿨던 꿈에 갇혀서

슬퍼진다고 했던 말에 갇혀서
생활을 잊었다

잠에 들어
우리는 꿈에서 만난 것이 아니고
생활 속에서 만났다는 것을 잊었습니다

하얀 말이 힘차게 달리고 있던 꿈
하얀 말에 우리가 함께 타고 설원을 달렸다는 거짓과
어쩐지 슬퍼진 생활

속에 갇혀서

하얀 말이 설원을 벗어나려

달렸다는 사실을

너무 늦게 깨달아버려서

잠을 이루지 못하고 뒤척거리다가
눈이 내렸습니다

자장

편히 잠들기를 바래
가사에서 의미를 찾으려고 노력하지 않아도 돼

이 노래는 편지도 아니고 고백도 아니다 그렇다고
오랜만에 아침이라는 것을 강렬하게 느끼게 했던
꼭 말해주고 싶었던
햇살에 대한 노래도 아닙니다

다만 어떤 기원이야 바람이지
속히 편안한 잠에 들 수 있기를 바라는

기도라기보다는
기도에 가까운 후회 같은 것

나는 한 번도 본 적 없는
당신 꿈속의 풍경을
기원하는 노래야

들은 적 있었습니다 풍경을
듣는다는 말은 참 웃기지만요

보이는 것 같았습니다 보이는 것
같다는 말은 참 애석하지만요

밤새 자장 자장
노래를 불러준 적 있었습니다
애석하게도 꿈속에서 기다리고 있다는
설원으로 당신은

우리는 실패했던 거지요

도저히
햇살이 눈을 때릴 때

나는 눈이 멀어버렸습니다

3부

내 이야기라도 되는 것처럼

코트

갖고 싶은 코트가 있었다. 갖고 싶어서 자주 드나들었던 기억이 있다. 누구도 살 것 같지 않았다. 오래된 디자인을. 오래된 색상을 갖고 있었다. 어떤 색상을 가졌었던 것인지 짐작할 수 없었다. 해지고 바래 있었지만 진부하다는 생각은 들지 않았다. 낡아 있었을 뿐이었다. 코트를 보러 자주 갔다.

걸려 있었다. 누군가라도 되는 것처럼.

눈이 오는 날이었나. 어떤 사람이 코트의 소매를 오래도록 잡고 있었다 손목처럼. 손이라도 되는 것처럼. 그 사람이 울고 있다고 생각했던 것 같다. 진부하다는 생각이 들지 않았다. 손목을 붙잡는 사람의 그을린 눈물과 코트의 색상이 닮아가고 있을 뿐이었다. 코트에 얽힌 그런 기억이 있다.

코트를 사지 않는 것이 맞다고 생각했다.
코트는 걸려 있었다. 누군가라도 되는 것처럼.

이것이 내가 이야기할 수 있는 코트에 대한 기억의 전부다.
담담하지만 선명하게 걸려 있는 코트의 옷깃을 여며주면서도.
그러나 코트에 얽힌 이야기들이 진부하다고 생각하지 않는다.

코트를 자주 보러 갔다. 눈이라도 내리면.
소매를 잡고 한참을 움직이지 못했다.

내 이야기라도 되는 것처럼.

어떤 객실에서는

한 사람이 기도하고 있다. 그 사람은 기다리고 있었다. 어떤 계시를.

옆방에서는 연인이 서로를 어찌할 줄 몰라 뒹굴고 있다. 기도하는 사람의 머리 위에서 십자가가 흔들리고 있다.

어떤 객실에서는 흔들리는 액자를 고정하기 위해 누군가 못질을 하고 있다. 기도하는 사람의 눈에 눈물이 맺혀 있다. 떨어질 때.

못질하던 사람의 망치가 벽을 때릴 때. 십자가는 떨어졌다.

기도하는 사람은 어떤 계시를 받은 사람처럼 기도를 멈추고 용서를 빌었다. 못질하던 사람의 액자는 고정되었으며. 당연하게도

그는 기도하는 사람이 받은 계시에 대해 알지 못한다.

연인은 겁에 질려 울고 있다. 기도 소리와 망치질 소리가 들릴 때. 서로가

어떤 계시라고 믿었기 때문에.

리듬 앤 블루스

1. 리듬

염소였던 사람이 염소로 돌아가기 전에
남긴 이야기를 들려주려 해

남김없이 떠나고 싶었는데, 이야기를 남기는 것 보니 나
도 사람 다 됐나봐

그는 말했지 그럼에도
뒤에 이어지던 그의 노래처럼 그는 사람일 수 없었어

사람과
염소였던 사람은 다르니까

그가 이야기와 노래를 남기고 돌아간다는 말 대신
이제 떠납니다

가사와 함께 흐느낀 노래는 당위를 갖고 있다
그는 염소로 돌아가는 것이 아니었으며
그는 사람이었던 염소라는
새삼스러운 곳으로

2. 블루스

메에에에에에에에에
메에에에에에에에에
메에에에에에에에에
메에에에에에에에에
메에에에에에에에에
메에에에에에에에에

떠나기 전에 그에게는 선택할 수 있는 기회가 있었다고 한다. 몇 가지의 단어를.

사랑, 어제, 나무, 그리움, 마음, 겨울, 아직, 그만, 너, 별, 노래, 함께, 영원, 걷자, 다시, 결혼, 내일…… 같은.

그리고 누군가의 이름 같은.

그러나 그가 선택한 것은 염소의 울음이었네
사람이었던 염소의

3. 리듬 앤 블루스

메에에에에에에에에

메에에에에에에에에

염소가 운다

염소와
사람이었던 염소는 다르니까
같은 음성은 이제 듣지 못하겠지

그가 노트에 적어둔
떠나지 않으면, 봄, 아직, 겨울, 다시, 같이, 차가운, 그리운, 이름, 미안해, 늦어서, 우리
같은 노래도 듣지 못하겠지

누군가 자신의 이름을 듣고
돌아보는 일도 없겠지

메에에에에에에에에
메에에에에에에에에

길게 우는
염소 소리가 슬프게
들릴 뿐이겠지

정시성(定時性)

커튼을 치면 어두워졌다

알고 보면
그건 슬픈 일이다

사고로 딸을 잃은 아저씨를 만났다
기차를 기다리면서
어린아이가 된 거 같다며 웃는 아저씨가
웃고 있다고 생각하지 않았다

때가 되면 꽃이 피고 진다는 생각이 스쳤고
죄책감을 느꼈다

넘어져도 울지 않는 아이들이 있었다
우리는 별수없이 좋아하는 음식의 종류가 늘어나고

아무도 짐작하지 못해도
꽃들이 자꾸 피어날 시간이 있었다

커튼 사이로 빛이 들어오고 있었다

먼지들이 떠다니는 것이 보였다
행성을 생각했고 작지 않다고 생각했다

먼지는 언제나 떠다니고 있었어도

누군가의 커튼 사이로
빛이 통과하자
숨을 쉬는 것이 어려웠다

우리의 행성에서는 떠다니지 못하는 기차
사람들이 가득했다

빈 좌석들과 상관없이

기차는 조금도 지연되지 않았다

알고 보면 모두
슬픈 일이다

포기하고 싶다면

옥상에 올라온 참새를 보고 놀라다가 아 너는 새지 너는 날 수가 있지, 라고 중얼거렸다

살아 있다는 것을 잊고
살아 있다

너무 위험하다고 느껴질 때는
나에게 전화해도 된다고 선생님이 말해줄 때
고마웠다

삶은 어디에나 있다

삶은 어디에나

삶은 어디에

삶은 어디

삶은

동생이 비둘기에 대한 단상을 이야기해줄 때
느꼈던 감격이 때때로 그에게 힘이 되기를 기도했다

하나도 안 슬퍼
생각했던 장면에서
울게 되었다

그런 장면은 이제 슬프다 그러나 어떤 장면은 여전히 슬퍼하지 못한다

누군가 날 위해 기도하고 있다는 생각은
미안한 마음만

이런 삶을 나누고 싶지는 않다
어디에서든 삶은

포기하고 싶다면

나는 너를 잊었다 나는 너를 잊었다
중얼거리다가
잊었다고도 말하지 말자고 생각했다

형

형이 부르던 노래를 불러
무엇인가 살아나는 기분이야

노래들이 날씨를
왜 그렇게 추웠는지를 설명해주지 않지만
기억나게 한다

형이 좋아하던 날씨를 지날 때
그곳에도 날씨라는 것이 있는지
물어보고 싶었어

섬에서 섬으로
전해지던 노래를 형은 가르쳐주었지

노래를 부를 거야
노래가 아니라
노래를 가르쳐준 사람이 형이라는 것을
잊어버리지 않게

섬을 섬으로 만드는 것은 바다와
또다른 섬

형과

형의 동생

다음에 만나면 내가 형으로 태어날게

형이 흘리는 눈물과
동생이 흘리는 눈물의
모양이 다르고

형은 형을 살고
동생은 동생을 살고

누구나 무엇을 모르는 채로
무엇을 살잖아

노를 젓는 동생들은
이제 안다

섬을 위한 노래는
섬과 섬 사이
바닷길을 위해 불려야 한다는 것을
이제 알지만

아무리 다시 불러도 노래는 자꾸 끝나고

형

형

누군가 나를 형이라고 부를 때

아무 대답도 하지 못했다

회화

사람을 죽인 거 같다는 심증, 이후로 나는 나를 믿을 수 없었다.

이런 문장으로 시작하는 소설을 읽고 있었다 미술 시간을 낭비라고 생각하면서
나무를 그리기 위해 나무를 낭비하면서
햇빛이 강하게 들어오는 교실이었다

소설에서는 비가 내리고 있었고
독자들은 알 것 같았다
주인공은 물증을 찾기 위해 노력했지만
독자들은 알 것도 같았다

몰래 소설을 보면서 나무를 그렸다
과제를 제출할 때마다 선생님은
나무여야만 했는지 물어보지 않았다
혹은 나무는 왜 나무여야만 했는지

알 것 같다는 말은 얼마나 위험한 것인지
알 것도 같았다
선생님은 왜 창밖만 하염없이 바라보는지
그날 꼭 비가 내려야만 했는지

나무를 서 있는 것처럼
그리기 위해서는 세세한 묘사보다 그림자가 필요했다
까맣게 칠하다보면 서 있는 것 같았다
서 있는 것 같다는 말은 얼마나 위험한 것인지

명암은 빛에 대한 증거입니까? 나는 빛을 등지고 내가 차지한 만큼의 어둠에게 물었다.

그늘에 관해 이야기하자면 증거라는 것이다. 빛은 나를 만져도 나는 빛을 만질 수 없다는, 한 번도 도달한 적 없다는. 나는 불투명이라는. 그날은 왜 비가 내려야만 했습니까? 나는 자꾸 어떤 사람을 죽인 거 같습니다. 죽인 거 같다는 심증은 얼마나 위험한 것인지요.

독자들은 알 것도 같았다

과제를 제출하자 선생님은 나무에 비해 그림자가
너무 크다고 했지만 나무여야만 했는지 물어보지 않았다
혹은 나무는 왜 나무여야만 했는지

햇빛이 강하게 들어오는 교실에서
나무는 은유라는 것과
그날 왜 비가 내려야만 했는지를 알 것도 같았고
선생님은 죽일 거 같았다

소설에는 여전히 비가 내리고 있었다

심호흡

당연한 것들이 뒤집어지는 순간에 대해
이야기하고 싶어
감정적으로

소리가 빛보다 빨라지는 순간 같은
비명과 절규가
미칠 수 있는 범위에서
모든 감각을 압도하는 순간처럼

진리는 만장일치겠지
만장일치가 가능하다면
손이 발이 되도록 박수를 칠게

모든 지문이 다 사라질 때까지
소리를 지르면서
이해하는 척하면서 만장일치를

우리보다
나와
너가 좋아
물 한 방울이
더 좋아 최대한 흩어진 채로 우리는
뭉칠수록 위험해지니까 휩쓸거나

휩쓸리지 말자

아직도 홍수가 심판이라고 생각해?
비명소리가 들리는데
물속에서는 비명을 지를 수도 들을 수도 없다
물속에서는 비명을 목격했다는 비문이 가능해지잖아

간절하게 진리를 갈구하던 사람들이
거울을 보고 슬퍼하는 날이 온다면

나는 눈을 멀뚱멀뚱 뜨고 거울을 보다가
눈이 마주쳤으면 좋겠다 지문이 생기면

눈이 마주쳤을 때 느낌을 오래 간직하리
라고 다짐해야지

번개가 천둥을 기다리는 시간
혹은 천둥이 번개를

번개가 쳤는데 천둥소리를 듣지 못했다

번개 뒤에 천둥을 계속 듣지 못한다면
이것 또한 하나의 현상이 되겠지

옛날에는 번개 뒤에 천둥이라는 것이 있었대
같은 이야기도 들려주겠지

반복이 리듬을 만들고 있었다 리듬이
현상이 되지 않기 위해
음악이 되기 위해

아직 돌아오지 않은
천둥과

비가 들어오고 있었다
침대가 다 젖었고
문을 닫지 않았다
기다리는 것이 있었기 때문이다

비를 들어오게 하는 것은
기다리고 있는 것도
젖고 있는 침대도

누워서 젖어가는 사람도
그날의 날씨도
비도 아닌

창문의 틈

침대가 다 젖었는데 천둥소리를 듣지 못했다

이야기를 들려줄게

번개 뒤에 천둥이라는 것이 있었대

번개가 치고
번개가 쳐도
대답하지 않았대

번쩍거리는 것이 번개가 우는 방식
소리를 지르지는 못했대

이것은 창문 틈으로 전해지는 이야기

번개가 칩니다 번개는 알고 있습니다
계속 번쩍거려야 한다는 것을

잊지 않기 위해

창문을 닫지 말아야 한다는 것을
축축하더라도 자꾸만 꽃들이 피어나더라도
슬픈 이야기를 전해야 한다는 것을

번개는 알게 될 것입니다
혹은 천둥이 기다리던 시간

천둥이 울고
대답해주지 못했다는 것을 말입니다

가끔 우리는 늦을 때가 있다는 것과

비가 들이닥칠 것입니다
무언가 기다리는 시간 사이로

창문을 열어두었기 때문만은 아닐 것입니다

창문 틈으로 전해들은 이야기입니다

음악이 되기 위해

젖어가더라도 다 젖어가더라도

창문을 닫는다거나

잊지 말아야 합니다

그 친구는 그 노래로 백만 불을 벌었대

그러니까 잘 모르는 것 같아서 그러는데
그게 우리 돈으로 12억쯤 된다
우리 돈이라는 말이 우스웠다.

어딘가에서 나쁜 짓을 저지르고 있을
우리 돈

떨어져 있는 낙엽을 보며
떨어지고 있는 낙엽을 보며
혹은 바람 덕분에 하강하지도 상승하지도 못하는
낙엽을 보며

저게 다 돈이었으면
젠장할 돈이었으면

낙엽들에게 유감과
사과의 마음을 전한다

그것은 온전히 나의 잘못이다.

그 친구는 그 노래로 백만 불을 벌었다고 한다. 그 노래는 어렴풋하게 기억나는 우리의 이야기를 담고 있는 듯하다. 그 노래가 백만 불쯤 된다고 생각하니 선뜻 듣기가 어렵다. 분명.

우리의 이야기를 담았어.

친구는 이야기했지만. 그 이야기로 백만 불을 벌었다니. 이십대에 레인지로버를 끌게 되었다니 그 노래가 우리의 이야기 같지 않고 친구가 친구 같지 않고 백만 불이 백만 불 같지가 않고.

모든 것이 아무것도 아니게 느껴지지만 친구에게 전화를 걸어.

정말 급한 일이 있어서 그런데 돈 좀 빌려줄 수 있겠니
물어보지 못하고

들어보지 못한 노래를
잘 들었다고

어렴풋하다고 모든 것이
어렴풋한 것처럼 들리는 좋은 노래였다고

좋은 음악 해줘서 고맙다고

말했다

구멍

친구에게 전화가 왔다. 아주 오랜만이었는데 전화번호를 바꾸지 않은 것은 순전히 그 녀석 때문이었다.

구멍이라는 노래로 백만 불을 벌었다. 구멍은 우리의 실수와 야망에 대한 이야기. 동네에 있던 구멍에 버리면 안 되는 것들을 버렸던 실수에 관한 이야기. 우리는 구멍에 버린 버려선 안 되는 것들이 결국 우리에게 돌아올 것이라는 불안을 느꼈다.

친구는 아직 음악을 하고 있었냐고 그것이 놀랍다고 했다. 나도 놀랍다고 대답했지만 그것은 전혀 놀라운 일이 아니었다. 구멍에.

가장 소중한 것을 버리는 내기를 했던 우리에게 그것들이 다시 돌아왔을 뿐이다.

구멍을 안전상의 이유로 완전히 막아버렸다는 이야기를 들었다

일어나서는 안 되는 일이 벌어졌다는 불안과

더이상 구멍을 묻지 않아도 된다는 안도가
동시에 밀려왔다

좋은 음악을 해줘서 고맙다는 친구의 말에

나에게 좋은 음악 나쁜 음악이라는 것은 없으며
단지 음악과 음악이 아닌 것만 있다는 말을 하려다가

노래를 들었다면

그때 네가 버린 것을 기억하겠구나

물었다

화요일
—조성

인부들이 철거된 건축물의 자재를 나르고 있다
토지는 철거되지 않았다
아직 견뎌야 할 밤이 많이 남았구나
대답 없는 질문이 많이 남았다는 뜻이구나
건축물이 있던 자리를 바라보았네
나는 기록해두었기 때문에 기록되었다 치열하게
철거를 막지는 못했다
치열한 기록은 기록이며 애처롭게도 기록은 기록이다
철거 후 부지에는 정원이 조성될 예정이다
조화를 이룰 것이다 거닐지 않던 사람들이 거닐고
여유를 누릴 수 있는 안정적인 공간이 되겠지
살지 않던 것들이 살겠지
누군가에게 다른 의미를 갖게 되겠지 토지는
이곳에서 떠돌던 것들은 몹시
기꺼이 떠돌아다니겠지 갈수록 맹렬하게
헤매겠지
철거는 하루아침에 이루어졌다 그러나
자손들은 납득하기 어려운 철거의 기록은 오래 남을 것이다
폐기물을 운반하던 인부들이
피워둔 모닥불의 고단한 흔적과는 상관없이
어리석은 기록은 오래 남겠지 납득하기 어려웠기 때문에
인생보다 긴 어제를 살겠지

태울 수 있는 것을 다 태우고 모닥불이 꺼져도
토지는 철거되지 않았다 함께 떠돌았던
친구에게 철거와 새로 조성될 정원에 대한 이야기는 하지 못할 것 같다
더 사납게 떠돌아야 할 동기를 건네게 될까봐
아직 견뎌야 할 밤이
너무 많이 남았다

수요일
—환절기

단숨에 온 것으로 혼동하지만 서서히 도달한 모든 계절과
계절이 함께 머무는 거처에서는
구별이 어렵다
어느 계절의 손을 잡아야 할지

이맘때면 호흡이 어렵다
오래된 병력(病歷)은 시각(時刻)을 가린다
공평을 잃고

이번 계절은
참을성이 없구나

계절과 계절 사이
그런 것은 존재하지 않는다

어느 계절인지 구분할 수 없는 분위기만이

호흡이 어렵다 호흡이
안 되면 호흡을 신경쓰게 되고

생활이 어렵다

호흡이 생활이 되지

무엇이 생활인지 구분할 수 없는 분위기
중심을 잡기 어렵다

내부의 병에 관한 확진을 외부에서 한다

어느 손을 잡아야 할지
나는 대비해야 하는 계절을 알고 있다
그럼에도 나는 공평을 잃고
지난 계절에 나는

나와 당신의 병력이다

마음을 지키지 못했다

가위에게(魘)

오랜만이네. 언젠가도 쓴 적이 있는 것 같은데 이런 식의 편지를. 어쩌다보니 내가 전부 갖고 있네. 미소와 너의 선택은 아무런 관련이 없었는데 말이야. 어째서 나는 표정에 집중했을까.

나는 내가 모르는 사람인가봐. 그때 해주었던 말이 이런 거였구나. 중심도 일부라는 것을 기억해야 한다는. 알고 있었구나 중심이 흔들릴 것이라는 것을.

너는 이제 나에게 구체적이지 않아. 관념적이라. 구체적인 것을 옹호하는 사람이 되려고 해. 그러면서도 이런 관념적인 편지를 쓴다. 꼭 생각하지 않을 때 나타나더라 오래도록 나를 누르고 있더라.

가령 앙상한 나무들이 빼곡하게 서 있는 숲속. 사이를 거닐다 잠들었을 때, 이렇게 앙상한 나무들이 무표정하게 서 있는 곳을 숲이라고 불러도 좋을까 생각하게 되는 숲을 거닐다. 나무들이 무슨 말을 하는데 알아듣지 못하고 돌아온 날 같은 때 말이야.

표정이 없어졌다며, 무엇이 너의 표정을 가져갔는지. 무엇이 됐든 그게 참 밉다고 나를 웃기려다가도. 무표정도 표정이지. 말하며 안아주던 너였는데. 나는 아직도 나무들에게서 표정을 찾고 있네. 너의 선택을 미워하고 있네.

너는 언제나 처음으로 오는구나. 움직일 수 없게 왔다 가는구나. 안아주면서, 이렇게 잠깐만 가만히 있자고 말했던 때처럼.

이쯤 걸으면 항상 트럼펫 소리가 들린다. 어떤 노래의 간주를 채우는 트럼펫 소리를 좋아했지. 트럼펫 때문에 그 노래를 듣는다고 했었는데. 우리는 그러나 간주만 돌려 듣지는 않았지. 그러면 갑자기 끼어드는 트럼펫은. 어느새 고이는 조용한 눈물은 흐르지 않았으니까. 이상하다 이 부분에서는 언제나 눈물이 흐르네.

노래를 벗어난 트럼펫 소리는 우리가 좋아하는 트럼펫 소리와 다르구나.

이제부터 구체적으로 적겠다.

조명이 모두 꺼지고. 적색의 비상등은 밤새 켜져 있는 복도. 복도를 통하지 않고. 문이 열리지 않았는데. 결박된다. 파기할 수 없는 어떤 계약을 하고서야 올 수 있었다는 듯이. 나는 결박당한 채로 수면에서 최대한 허우적거린다. 수중과 공중의 경계를.

이렇게밖에 올 수 없었던 거야.

허우적대고 있다. 횡설수설하고 있어. 포옹 속에서 횡설수설하던 마음과 다르지 않으면서도. 다른 긴박한 마음으로. 포옹이 끝나면

가버릴 것을 아는 사람이 되어버렸으니까.

요란하게 알람이 울리고. 당장 사라져버린다. 언제 들어왔는지 모르는 조명이 복도를 채우면. 적색의 비상등은. 점점 작은 소리로 발광하고 있다. 알람으로 설정한 노래의 간

주 부분이 되어서야 나는 기상하고. 트럼펫 소리.

이상하다 이 부분에서는 언제나 눈물이 흐르네.

지금 나는 우리가 함께였다가 헤어졌기 때문에 쓸 수 있는 편지를 쓰고 있어. 그래야 꿀 수 있었던 꿈에 대해. 포옹에 대해 쓰고 있다.

너의 방문이 착각이라는 말을 들었다. 오늘은 가만히 있을게. 표정에 집중하지 않을게. 안도하지 않을게. 눈을 뜨려고 하지 않을게. 네가 할 선택보다, 선택에 도착하기까지 허우적거리는 너의 고민을 응원할게. 그냥 가만히 있을게. 구체적인 어떤 것과도 무관한 포옹을 선택할게.

추신 : 노래가 시작되어도 오늘은 나를 건져놓지 말아줘.

4부

내가 썼던 문장들이 나 때문에 거짓말이 되었다

주기

선물하고 싶은 날에는
미안해졌다

아무것도 모르는 사람아
중얼거렸고

돌아누운 등이
아무것도 모르는 사람아
대답해주었다

달이 유독 크고 밝은 날에
언젠가 달에 꼭 가보고 싶다고 했었지
나는 미안해졌다

우리는 무엇이 달의 모양을 바꾸고 있는지를 알고 있었고
보이는 것은 보인다는 것을 알고 있었다

오늘은 달이 유독 크고 밝은 날이고
그런 날은 유독 그런 날이라는 것도

돌아누운 사람아
힘든 날에 비가 비처럼 오는 날에
멀리서 집이 크게 보이고 금방 따뜻해질 거 같아도

골목을 다 걸어야 비를 다 맞아야 문 앞에 설 수 있다

무엇이 등을 보이게 했는지
나는 등을 볼 자격이 있는 사람인가 생각했다
달의 뒷면

보이지 않는 것도 때때로 보인다는 것을 알고 있었다

달에 가보고 싶다고 했었지
달이 크게 보여도 유독 밝아 다 보이는 거 같아도
골목을 다 걸어야 한다

달에 살자
어떤 빛들이 달의 모양을 바꿔도
문 앞에 섰던 마음은 잊지 말자
우리는 달의 뒷면에 숨어살자

파인

괜찮아
우리는 눈이 파인 것을 발자국이라고 불렀네

얼굴에 남아 있는 상처들도 당신은
발자국이라고 불러주었지

괜찮아
얼굴을 바라보다
자주 걸려 넘어지게 된다고 말했다

발자국을 아끼는 마음을 가지게 되었다고 말했지
당신이 없었던 시간까지도 당신은 사랑해주려고 한 거지

발자국을 바라보며 주저앉아 울어주었다
눈물이 발자국을 메워주고
우리는 걸려 넘어지지 않았다 웅덩이를
폴짝 뛰어넘을 수 있었지

시간이 달을 파먹고 있었다

달의 모양이
나는 걸려 넘어지지도 주저앉아 울어주지도 못했다고
알려주었다

당신이 거기에서 자주 넘어졌다는 것도

얼굴을 밟고 간 상처에는 걸려 넘어지고
그것을 가리려던 흔적 앞에서는
주저앉게 된다는 것도

눈물을 아껴야지
넘실넘실 웅덩이를 만들어줘야지
생각하면서도 당신이 남기고 간 발자국 앞에서
울었습니다

시간이 달을 다시 채우고
넘어지는 일은 줄었습니다 다만 희미하게

멀리서 들리는 누군가의
괜찮아
라는 말에 주저앉아

내리는 눈이
발자국을 지우는 것을
오래 바라보았습니다

캠프화이어

우리는 모여 있었다고 말할 수 있을까

불이 꺼지면 많은 것들이 흩어지겠고
우리는 모여 있었다고 말할 수 있을까

불을 보면서 무엇에 집중해야 하는지
타고 있는 것과 태우고 있는 것
타면서 날아가버리는 것
혹은 타고 남은 것

불꽃은 간절해 보였다 대신 울어주는 것처럼 보였다
정작 하늘로 올라가는 것은 검은 연기
어쩔 수 없어 보였다

우리는 불꽃처럼 간절해 보였지만
하늘로 올라가는 것은
어쩔 수 없어 보였다

아무도 울지 말라고 하지 않았는데
울지 않는 동생이 있었다

불이 꺼지고
우리에게 주어지는 것이 있었다

무엇에 집중해야 하는지

나는 타고 남은 것에 대해 쓰고 싶었던 것 같다

우리는 모여 있었고

남아 있는 것도
어쩔 수 없어 보였다

일요일

버리고 싶은 것이 있어서 버리기 위해 쓴다
쓰게 되면 버릴 것들이 생기니까
나의 사랑하는 자여
나는 사랑해서 너를 썼나
너를 쓰고 사랑한다는 것을 알게 되었나
나의 사랑하는 자여
나에게는 언제나 순서가 문제였지만
순서보다 중요한 것이 있다

오늘의 안식은 어제의 기념
계절은 바뀔 것이나
기념은 계속될 것이다
어제는 내가 가장 사랑하는 날이므로
어제를 쓰기 위해
오늘은 계속 버려질 것이므로

사랑의 창조자여
네가 일요일과 월요일 중 어느 쪽이 한 주의 시작인가에 대해 골몰할 때
오늘은 지나가고
오늘이 지나면
내일이 올 것처럼
오늘이 온다

가끔 너는
버리기 위해 너를 썼냐고 물을 수 있다
그건 내가 너를 쓴 의도와 다른 것이지만
너는 그럴 수 있고
너는 물을 수 있지만 나는
대답해줄 수 없다

나를 창조한 나의 피조물이여
나의 사랑하는 비문이여
너를 내가 썼다

내가 너를 썼다고 쓸 수도 있다
그럼에도
내 사랑하는 자여
문장에는
순서보다 중요한 것들이 많다

못

고여 있는 물은 썩는다 하네
사람의 손에 고여 있는 피
굳어가네

맑은 물을 두고 고여 있는 못에서 낚시하는 사람을 만났다. 여기에서도 물고기가 잡히나요. 저기에 맑은 물이 있습니다.

사람은 한참 동안 대답이 없다
사람의 눈에 눈물이 고여 있다

날은 어둑해지고 때가 되자
사람이 떠나가며 대답한다

당신을 만나지 않았나요

*

상류와 하류 어느 곳에서도
사람이었던 것의 시체를 발견하지 못했다

나는 사람의 마지막 말을
잊지 못할 것 같다

눈물은 썩지 않는다네 계속
흐르는 것이기 때문에

사람의 눈에 고여 있던

못

데킬라

죽은 가수의 레코드가 돌아가고
목소리가 흘러나오고

데킬라는 잔에 담겨 흔들리고 있다

가사로 인해 고평받던 그의 음악은
이제 사운드를 중심으로 소비된다

죽은 가수의 노래를 연주할 때
세션들은 그가 리듬을 다루는 방식과 주법에
만족감을 느꼈다

그러나 생전의 무대 위에서
그가 뱉은 말을 기억하는 사람은
이곳에 없다

사운드 좋은데 근데
이 세션들 좀 어떻게 해봐

조심하시오

언젠가 당신이 만든 것들이 당신이 만든 것들을
거짓이 되게 할 거야

죽은 가수의 레코드를 들으며
데킬라를 마시면서
기도했다

내가 썼던 문장들이 나 때문에
거짓말이 되었다

유다
그는 선한 사람
예수를 한 번밖에 팔지 않았다

몰탈

지난 장마에는 천장에서 물이 샜습니다
겨울부터 어머니는 불안해하십니다

누워서 천장을 보는 시간
편안해야 할 시간에
어머니는 천장이 너무 가깝게 느껴졌나봅니다
장마가 끝나지 않았나봅니다
엄마가 잠들어야 나도 잘 수 있을 텐데

자는 척했습니다

시멘트를 모레와 섞으면 강도가 세진다고
아버지에게 배웠습니다
몰탈로 옥상의 파인 곳을 메웠습니다 아버지는
힘들지 않아 보였습니다

이제 천장을 봐도 불안하지 않겠지
저녁을 먹으며 생각했습니다

그날 밤에는
비도 오지 않았고 굳어가고 있는
몰탈을 섞는 법을 배웠지만
어머니와 아버지는 잠들지 못하는 것 같았습니다

천장을 보면서

한참 동안이나
자는 척을 해야 했습니다

거목

할머니는 기도하셨다 마음속으로
빌고 빌었다 큰 나무 앞에서

지나치게 큰 나무들은 주로 혼자 있는 것 같았다
무엇을 처먹고 저렇게 커졌을까 끈질기기도 하다
중얼거렸다 마음속으로

할머니와 나는 마음속으로 그랬기 때문에 알 수 없었다
마음을 알 수는 없었다

할머니가 기도할 때 할머니 할머니
부르지 못했다 어린 나에게도 기도가
간절해 보였기 때문에

자라면서 할머니 할머니
부르는 것이 어려워졌다 간절해 보였기 때문에
할머니
보고 싶은 할머니

어릴 적 미워하던 큰 나무 앞에서 할머니
불러보았다 혼자 있는 거 같았지만

큰 나무에는 벌레가 많았고 기어다니는 것들이 많았다

살고 있는 것이 많았다
유독 그늘이 큰 나무였다

나무는 나이가 들어도 계속 자라는데
할머니

나무가 크니까 낙엽이 더 많이 떨어진다고
낙엽을 치우는 사람이 생각했다

중보

집으로 돌아오면 엄마는 거의 기도를 하고 계셨다
나는 그게 무섭기도 고맙기도 슬프기도 했던 시절
아무것도 몰랐다
엄마는 기도할 때 거의 울고 있었다
그게 무섭기도 고맙기도 슬프기도

강아지가 기도 시간에 엄마를 방해하지 않았다
엎드려 있었다 우리는 친구였다

아무 말도 하지 못하는 친구와 많은 이야기를 나누었다
우리는 친구였기 때문에
친구가 떠나던 날 엄마에게 물어보지 않았다

만날 수 없는 것은 만날 수 없다는 것을
알게 되었지만 우리는 친구이기 때문에
기도를 배웠다
기도는

친구이기 때문에
무섭기도 고맙기도 슬프기도

아무것도 모르는 나에게 엄마는
고맙다고 할 때 슬펐던 거 같다

기도가 사람을 울게 하는 것이 아니고

사람이 기도를 울게 하는 순서는
슬펐던 거 같다

엄마가 무언가에게 고맙다고 기도할 때
만날 수 없는 친구와 만나게 해달라고 기도했다
우리는 친구였기 때문에
방해하지 않았다

아무것도 모르는 나에게 엄마는 고맙다고 할 때

친구와 나는 엄마 기도 덕분이야 생각했다
엄마는 엄마를 위해서는 기도하지 않았던 거 같다

엄마는 많이 아팠던 거 같다

화목

움직일 수 있어서 나는
나무보다 자유롭습니까

움직일 수 있으면
어디로 가야 합니까

나무를 심으면서
계속해서
어제로 가야 하는 중입니다

어제는 너무 많은 잘못을 저질렀는데
돌아가고 싶습니다

어제는 그늘이야
너의 그늘이고

그늘은 어둠이
빛을 압도하는 유일한 지점

나무를 심으면서
내일로 끌려갑니다

문장과 오독 사이의 침묵처럼

나무는 자라지 않았는데
그늘이 자라고 있는 것을 보았습니다

나는 자유롭고 싶지 않습니다

3월과

가을 같다고 했다

이미 잃어버린 자리라고도 했다

다시 살아나는 것은 없었다
모두 새로 태어나고 있었다
그렇게 생각하고 싶을 뿐, 이라고도 했다

꽃잎이
떨어지고 있었는데 천천히
가라앉는 것 같았다

들리지 않는 비명이 너무 많았다
들리지 않아서 슬픈 노래와
비유를

바람이 보여주고 있었다
가벼워서
꽃잎이
가라앉는 것처럼
떨어지고 있었다

가벼워져서 가벼워져서

가라앉지도 않으면
들어도 들어도 슬픈 노래를
들려줄게

가을 같다고 했다

곧 겨울이 올 것 같아서, 라고도 했다

조화

꽃잎이 떨어지는 나무 밑을 오가며
아이들이 공을 튀기며 논다

사람도 떨어지면 공처럼 튀더라
이제 공을 보면 그런 생각밖에 나지 않는다

언젠가 말을 걸어준 친구가
아무렇지 않니 물었을 때

후회에 대해 이야기를 나눴던 것 같다

그때부터 친구는 공을 볼 때 허공을
응시하곤 했던 것 같다

허공보다 튀어오르는 공이 커 보이던 때가 있었지
무수한 어제보다 잠시뿐인 오늘이 전부인 때가 있었지

그러나 허공
어제를 거듭 걷는 시선 위에서
발을 붙이고 걷고 있는 실체들은 모두

허공

언제쯤 바닥에 붙어 걷는 내가
공허와 조화를 이루며 살 수 있을지 모르겠다

보이지 않던 것들을 볼 수 있을지
핀트를 맞출 수 있을지
살지 않던 것들이 살겠지
살던 것들은 떠돌겠지

*

지상에

붙어 있는 것이 아니라 매달려 있는 것이라는
간단한 사실을 알기까지 오래 걸렸다

죽었다는 말이 살아 있지 않다는 말과 다르다는 것을
알기까지 오래 걸렸다 허공에서
공허를 배경 삼아

매달려 있는

나는 조화

이상(理想)

늘어선 가로등 중에서 기억하게 되는 건
빛을 잃었거나 깜빡거리는 것
어둠을 지날 때 이상한 감정을 느꼈다

잘 짜인 보도블록을 걷다가
흔들리는 부분을 밟았다

떼뚝 떼뚝 떼뚝

부분이 전체를 압도하고 있었다
흔들리는 이를
자꾸만 혀로 만져보게 되는 것처럼

네가 나와 잡은 손을
흔들고 있다
이상한 느낌이다

5부
나는 기록해두었기 때문에 기록되었다

파동

진정한 해변에서 수영하고 싶다. 한낮의 해변에서 수영하면서 너는 말했습니다. 진정한 해변, 나는 그것을 진정으로 수영하고 싶다, 라고 해석했고 더 깊은 곳으로 우리를 이끌었지요.

우리는 흘러가고 있었나

상황은 좋아지고 있다고 말하기 어려웠습니다
밤과 바다와 파도는 집중하게 했구요
그것은 음성이었습니다

파도를 보면 타들어가고 있는 것 같아 부서지는
파도소리를 들으면 여전히 뺨을 맞고 있는 것 같아
말하는 너에게 파도
소리로는 가늠할 수 없는 수심을
나는 미워합니다

이것은 음악입니까 어두운 해변에서 음성은
저음이었습니다 귀가 간지럽다가 몸이 간지럽다가
머리를 간질이다가
마음 근처가

간지럽혀보았지요 너는 웃지 못하고 있었습니다

파도가 너를 데려갔습니까
중력과 부력의 어설픈 극성 속에서
허우적거리는 나는 부력입니까

수중의 고요
그러나
물속에서 들었던 소리는 생명력이 있었습니다
같이 죽어줄 수 있냐고 너는 말했었습니다

지금은 만조입니다
같이 살 수는 없는 걸까요
말하지 못한 것은 새가 울고 있기 때문이 아니었습니다

너는 잠들어 있습니다
파도소리 들리고

새벽에는 새벽에 우는 새가 울었습니다
밤에는 밤에 우는 새가 울고

해변

아름다운 꿈을 꾸었어
함께 있었어
아름답다고 느껴지는 곳에서

일어나자마자 적어두었다

사람들이 적당히 있고 우리를 신경쓰지 않고 적당하게 여유로운
해변이었고 따뜻하게 누워 있었어
아름답다고 느끼는 이유를 계속 찾게 되는
정말 아름답다고 느껴지는 곳이었어

나는 꿈에 관해 설명해주었다 함께 있던 꿈속의 해변에 관해
깨어나도 선명한 꿈은
선명한 것이라는 믿음이 있었다

우리는 꿈에 대한 것으로는 처음 다퉜다

믿음을 주는 꿈이어서
좋은 일이 일어날 것 같아서 그랬어
좋은 일이 일어날 것 같은 이유를 계속 찾게 되는 꿈이었어

당신이 돌아설 때
나는 해변에서 기다린다고 말했다

그러나 나는 해변에 가는 방법을 모르고

아주 겨우 좋은 일이
일어날 것 같았을 뿐이었다

초원(初願)

문을 열자 초원이
보지 못했던 세계가 펼쳐졌다 꿈이었고

꿈이었다 라는 결말은 식상하지 무책임하지

그러나 이것은 결말이 아니라 시작이므로
슬프지
꿈이었으므로

아침을 챙겨 먹어야 하지
잊지 않거나 잊기 위해 노력해야 하지
꿈이었다는 것을
꿈이 있었다는 것을

우리의 초원에는 나무가 한 그루
자라고 있었네

나무만 자라고 있는 것은 아니었네
한 그루의 나무에는 여러 개의 가지

여러 가지 마음

사방으로 확장되는 가지의 그림자

우리는 그것을 그늘이라고 불렀다

나는 이제 꿈속의 초원을 그늘이라 부르고

꿈이었으므로

문을 닫고 오지 않았지

네온

내용이 없다고 말할 수 있나. 술에 취해 걷는 거리에서 과격하게 번쩍이는 간판들. 스승의 죽음을 상기시키고.
명멸하네 네온과 네온에 빚진 활자들과는 무관한 이름들. 잊어달라고 하지 않고 떠났기 때문에 걷고 있는 것입니다.
먼저 죽었기 때문에 항상 당신보다 늦게 죽는 것입니다.

네온은 목적을 갖는다지요
구부러진 활자들의 의미가 목적과는 다르게 읽히는 것은
시력이 나쁘기 때문이 아닙니다
안경을 두고 나왔기 때문도

선명하지 않기 때문이 아닙니다
선명하지 않아

오래 지속되는 공허를 한번 불러보는 것입니다
명멸하네 네온의 목적과는 다르게

시야에서 부서지는 활자들. 궤도를 벗어나고 있는 골목들.
구부러진 것입니까 구부러진 채로 태어난 것입니까

내용이 있다고 말할 수 있나요. 술에 취해 걷는 거리에서 가시면류관을 쓰고 서 있는 당신을. 드디어 만난 줄 알았는데. 타이랩이 잔뜩 묶여 있는 전봇대였네. 전단지가 온통 붙어 있었네.

전봇대 앞에서
착각을 하느라 쓰러져 있는 사람을 보지 못했습니다
구급차의 사이렌이 자책하는 소리가 들립니다
조금 빨리 봤으면 살아 있을 텐데
착각하지 않았으면 조금 빨리 도착했을 텐데

이쯤에서 궤도를 바꾸려 합니다
취하지 않겠다고

술에 취해 주저앉아서 되뇌는 것입니다
나의 목적은

인간의 욕망을 대신 점멸하는 네온
오늘까지만 울고
어디에나 있으나 보이지 않는 당신들의 이야기를
폭로하는 것입니다

활자를
활자의 의미대로 읽는 것입니다

정원에서

정원으로 이어지는 길이다. 나는 정원을 정원이라고 소개한다. 우리의 세대에서 정원은 주로 공동의 것이란 말을 하려다 말았고, 모두의 것이라는 것은 누구의 것도 아니라는 생각도 말하지 않았다. 마음은 누구의 것입니까. 마음이라는 것은. 그러나 누구의 것도 아닌 단어들이 부유하는 정원을 걸으면서 우리는 걷고 또 걸었다

내일도 걸을까? 당신이 물었고, 오늘은 오늘의 것 내일은 내일의 것이라는 생각을 말해버렸다. 당신은 당황하지 않았지만. 당신은 누구의 것입니까

아주 조용한 정원에서 아무 일도 일어나고 있지 않다고 말할 수 없었다. 그러나 아주아주 조용한 마음의 정원에서 나열된 문장들이 나의 것이 아니라고 말할 수는 있었다.

나는 나의 것이 아니었으면 좋겠다는 생각은 말하지 않았고

후회한다는 생각을 말했던 것 같다.

어둠과 정원에서

혼자 걸어왔지만 둘이 걷던 길을 혼자 걸었다고 생각하지 않았다. 어둠과 정원에서 그러나 어둠과 정원에서. 어둠을 어둠으로 회피하지 않았을 것이다. 밤을 맞았고 어둠은 그럼에도 색이 아니라 바탕에 가깝다. 그러나 가끔 배경이 사건을 지배하는 순간 같은. 어둠. 소란스럽게 뻗어 있는 가지를 가진 나무를 낮에는 보았으나 아주 고요한 정원이다. 어둠 속에서 보이는 것은 까만 나무이다. 어두움보다 까만 나무이다. 어둠이 내려앉은 고요한 정원에서 까만 나무에 기대앉으면, 정면에 보이는 것은 없다. 그러나 정원에는 정면만 존재하지 않는다. 눈을 감는다. 어둠 속에서 눈을 감는다는 것은 사건을 믿는다는 것이다. 일어날 사건 역시 믿는다는 것이다. 언제나 보이지 않는 방식으로 마음을 지나가는 것이 있었다.

당신이 옆에 있었다면 절대 눈을 감지 않았을 것이다.

어둠이 내려앉은 아주아주 조용한 정원에서

산책

밤이 와도 밤은 지나간다
낮이 와도 낮은 지나가고

나는
점점 나빠지는 거 같다

나는 걸으면 걸을수록
어색해지는 보폭

생각하기 싫어서
생각 없이 걷는 줄 알았는데
빨간 블록만 밟고 있었다

빨간 블록은 나의 오래된 보폭
그것들을 밟지 않으면 건널 수 없을 거 같았다

밤에 일어난 일인지
낮에 일어난 일인지 알 수 없어도
나의 산책은 주로 오답이었다

전봇대 앞에서
전봇대처럼 울었다

시간을 돌리고 싶어
돌아가는 상상을 하면
해야 하는 일들보다
하지 말아야 하는 일들이 많아지고
알게 되었다

더이상 그 기도는 하지 않아도 된다

원래부터 그랬다고 생각했는데
원래부터 그런 건 없다고 혼났다

낮이었는지 밤이었는지
언제부터
나는

나빠지는 거 같다
원래부터 그런 건 없어서

거울 앞에서는
거울처럼 울었다

코카인

지금 보이는 것들은
아름다워 보인다

사랑스러운 문장들
이를테면
문장은 문장일 뿐 마음이 아니다

날 수도 있을 것 같아
하얗게

부서질 수도 있을 것 같아
아무도 점멸하는 불빛이 부서진다고 하지 않지만

깨어나면 써지지 않을 것이다

아름답지 않은 것이다
아름다워 보여서 시작했지만

아닌 것은 아닌 것이다

하얗게 부서지는 문장이라는 것을
나는 믿지 않는다

눈에 보이는 것만을 믿는다는 너에게
내가 보았던 것을 보이는 것처럼 말해주는 것은
의미가 없는 것이다

날 수도 있을 것 같아 라고 말하는 것은
함께 날고 있을 때
무섭다 라고 말하는 것보다
헛되고 헛된 것

아름다워 보여 하얗게 부서지는 문장이

지금은 아름다워 보여 하얗게 부서지는 문장이
지금은 문장이 하얗게 부서지는 것이 가능할 수도 있을 것 같아
그러나
코카인을 빨고 있는 나와

다시는 코카인에게 마음을 빼앗기지 않겠다는 나를
믿어주는 것은

언젠가는 꼭 다시 돌아올 거라며 눈물을 흘리고 있는
코카인뿐이라는 것

시사회

의자가 있다
의자가 있다고 믿는다
의자가 있다고 믿는 믿음이 있다
의자에 당신이 앉는다
의자에 앉은 당신이 있다
극장에서
나는 주로 의자들과 영화를 봤다 그런 영화가
더 좋았다

우리는 흰 까마귀가 울거나
먹어도 먹어도 줄어들지 않는 케이크를 먹거나
사람이 사람을 살리거나
시작하자마자 주인공이 죽어버리는
이상한 장면에서 동시에 울었다
그래서 좋았다
그래서 그 장면들은 정말로 복선이었으므로
복선인 거 같다고 말하지 못했다
주인공이 케이크를 엎어버리는 장면에서는 혼자 웃다가
동시에 웃던 장면을 생각하면서 울었다
돌아가고 싶다 당신이 혼자
울고 있는 장면에는 자막이 없을 때
서로가 꼽은 명장면에 대해 이야기할 때
이유를 말하지 못했다

당신이 혼자 울고 있었다고 그래서 우는 척을 했다고

영화 속에서
흰 까마귀가 죽었다 살아나는 것 같은 이상한 장면들은 복선이 아닐 수도 있다
극장에서
의자는 영화의 전개 과정에 아무 영향도 주지 못했을 수 있다
의자가 있다
당신이 앉았던 의자가 될 것이다
당신이 앉았던 의자라고 믿는다
당신이 앉았던 의자라고 믿는 믿음이 있다
의자에 앉았던 당신이 있다
극장에서
상영중인 영화가 아름답지 않다거나
의자는 없다고 생각해도
극장에는 의자가 많다

은밀

귀신을 본다고 말한 적 없지
두려워하는 나에게 귀신이 알려주었다
침대 밑을 보지 말라고 더 무서운 것이 있을 거라고

정말 무서운 이야기를 해줄게
그후로 나는 침대 밑을 보지 못했는데
무엇을 떨어트려도 다시 찾지 못했어
두려웠기 때문이야

그러다가 결심했지
너무 소중하다고 생각했던 유품을 떨어트렸을 때
극복하고자 했다

침대 밑에 그동안 유실했던
유언과 유품들이 먼지에 덮여 있었어 그 사이에서
단번에 알아볼 수 있었다

귀신도 두려워했던 것
서서히 나에게 다가오는 비린내

무표정한 나의 얼굴

극복할 수 없었어

존재

그는 카페의 문을 열고 초에 불을 붙인다. 벽난로에 불을 피우고. 재생 버튼을 누르면 들리지 않던 음악이 흐른다. 타국에서 그는 자신에게 존이라는 이름을 붙였다. 타국의 사람들은 그를 존, 하고 부른다. 모국에서의 이름은 존재. 존재는 존이라는 이름을 정할 때 많은 것을 고려하지 않았다. 존재와 존은 같은 사람이지만. 존재와 존이 가지는 의미는 다르네. 생각하며 속으로 조금 웃었을 뿐이다. 그가 오픈한 카페의 이름은 존재와 존. 카페의 개점에서부터 첫 손님을 기다리는 시간을 그는 가장 좋아한다. 간판의 조명을 켜고 유리문에 붙어 있는 오픈, 클로즈 팻말을 오픈으로 돌려놓으면 존재와 존의 기다림이 시작된다. 존재와 존에는 항상 라이브 앨범에 수록된 음악만이 흘러 나온다. 그가 가본 적 있는. 라이브 실황 앨범의 음악만이. 그는 잡아둘 수 있다고 생각한다. 가본 적 있고, 들은 적 있고, 느낀 적 있는 공연의 분위기를. 동시에 그때로 돌아갈 수 있다는 가능성을 의심하거나 슬퍼하면서.

존재는 약속한 적 있다. 근사한 카페를. 자신의 이름을 카페의 이름으로 삼기로. 카페에서 다시 만나기로. 약속했기 때문에 약속이 생겼다. 존재와 존이 생기고. 기다림이 생겼다. 편지를 적어두었기 때문에 편지가 생겼다. 원래 있었던 것처럼.

무능한 가설.

그는 기다리는 사람이 있었다. 존재와 존은 기다리기 위해 만들어졌다. 어느 날 그 사람이 생각으로 왔다. 뜨거운 차의 표면에 일렁이는 수증기를 보다가. 그는 적어두지 않았다. 수증기를 보다가 왔던 사람이 기억나지 않는다. 기억나지 않는 기억들이 생기고 있었다. 그는 가만히 있었는데 흔들리는 모닥불 때문에 그림자가 흔들리고 있었고.

창을 열자 바람이 그의 얼굴에 부딪친다. 그는 바람과 자신의 얼굴을 동시에 느낀다. 창밖에 서성이는 사람들의 그림자. 그들이 서성일 때 그림자도 서성이고 있었다. 창문 모양으로 재단된 햇빛이 존의 팔에 놓여 있다. 따뜻해진다. 햇빛은 그를 만지고 있지만 그와 닿아 있지만 존은 한 번도 도달하지 못했다. 종종 만져주어서 만지고 싶지만. 그는 한 번도 도달한 적 없었다.

마감 시간이 한참 지난 뒤에야 존은 벽난로의 불을 끄고. 초를 후 불어서 끄고. 팻말을 클로즈로 돌려놓는다. 존재와 존을 채우던 라이브 앨범의 정지 버튼을 누르며 존재는 쓸쓸함을 느끼지만. 존은 들리지 않을 뿐이라고 생각한다. 그는 언젠가 존재와 존의 이름을 바꿀 것이라고 생각한다. 들리지 않는 음악. 들리지 않을 뿐. 그러나 어디에나 있는. 재생 버튼을 누르면. 무능한 가설. 같은 것으로.

문을 잠그고 그는 서성이는 사람들 사이로 들어가 걷는다. 얼마 가지 않아 간판 조명을 끄지 않은 것을 기억해냈지만. 존재와 존으로 돌아가지 않는다. 존재는 기다리고 있다는 사실을 잊겠지. 그러나 존과 존재와 존, 기다림은 있을 것이고. 도달한 적 없는.

간판의 조명을 켜둔 채로 잠들 것이다.

기후

겨울은 왜 이렇게 추울까 네가 물었고
겨울은 겨울 대답해주었다
그 말을 듣고 너는 조금 우는 것 같았는데
우는 게 아니라고 그랬지

겨울에 울면 눈에서 눈이 내린다고
눈물눈 눈물눈 눈물눈 놀려대면서

어째서 나는 그렇게밖에 말해주지 못하는 걸까 생각하면서도
겨울이 추워야 하는 이유를 생각하고
길에서 자는 사람들을 생각해보라고
생각을 하고 있는 걸까

봄이 오겠지
따뜻해지겠지 물을 때
벽지라도 따뜻한 색으로 바꿔볼까 말하지 못하고
세상에 확신할 수 있는 것이 얼마나 있겠어 말하고 있었지
기온은 높지만 바람 때문에
체감온도는 낮을 거라고 말해주던 날에

얼음을 밟았는데 얼음이 갈라지고 있었다
그때부터 조금씩 달라졌던 거 같다

조금씩 따뜻해지는 것 같다고 말해주고 싶었는데
체감온도가 너무 낮았고
길에서 자는 사람들을 생각하자는 생각으로 돈을 조금 드렸지
고맙다고 손을 잡아주었는데 손이 까맣고
힘이 세서 붙잡고 싶었나보다
붙잡고 싶었나보다 생각하면서도 손이 까매서
한참 동안 손을 씻었다 한참을 손을
거울은 못 보겠더라

그때부터 조금 달라졌던 거 같다
계속 거울을 보지 못했던 거 같다

젖어 있어서 손이 시렸어 손이 시린데 나의 손만큼만 손이 시린 거야
추워보자고 좀 추워보자고 발가벗고 바람을 맞아봐도
나는 나의 몸만큼만
추운 것이다 자꾸 나의 몸만큼만

그때부터 달라졌던 거 같다

그때부터 너의 추위를 느껴보고 싶었지 그때부터

너의 추위를 느끼고 싶어서
떨면서 자고 있는 너를 안았는데

자꾸만 따뜻해지는 것이다 자꾸
따뜻해지기만

왈츠

세상의 모든 사람들이 같은 춤을 추는
그건 겨울이었어
더이상 비둘기가 날지 못하고

스텝 스텝 스텝

모두가 얼어붙은 강을 건너고 있었지
추위 때문이었을까 아무도
얼음의 두께를 의심하지 않았어

길에서 춤을 추는 사람들이 춤을 못 춰서
슬펐어 거리를 두고 구경하고 있었지만

우리가 추는 춤은 왈츠, 두 사람이 원을 그리는 춤이야

스텝 스텝 스텝

춤을 구경하는
군중 속으로 비둘기가 날아들었는데
모두 욕을 하며 피했어 간혹 저주를 퍼붓는 사람도 있었지

모두가 춤을 추는 계절이 지나고
비둘기는 예전과 다르게 읽힌다 요즘 사람들이 비둘기를

— 읽는 방식은
시나브로 슬프게 읽히고

얼어붙은 강을 건너는 사람들을 보며
물 위를 걷는 것은 어떤 느낌일까 생각했어

의심 때문인지 나는 자꾸 미끄러졌다

겨울에는 모두 겨울을 욕하고 비둘기를 욕하고
춤을 추는 사람들의 미래를 대신 걱정해주고

스텝 스텝 스텝

얼어붙은 강에서는 한 발자국도 확신할 수 없었지만

모든 것이
비둘기의 잘못은 아니라는 것만은 확실했지

당장 비둘기가 날아들면
나도 소리를 지르며 피하겠지만

비둘기는 누군가의 맘에 들기 위해
태어난 적이 없다는 거야
—

단 한 번도

그래도 우리가 함께 추고 있는 춤은, 왈츠를 네가 마음에 들어했으면 좋겠다

스텝 스텝 스텝

사람들이 얼어붙은 강을 건널 때 두 사람은 마주보고 춤을 추고 있었다. 왈츠는 두 사람이 원을 그리는 춤이다. 두 사람은 원을 그리고 있었다. 미끄러지듯이. 원을 그리다보면 원을 그리게 되고 서로의 눈동자가 둥글다는 것. 눈동자에 자신이 담겨 있다는 것. 그걸로 충분하다는 것과 비둘기와 세상이 맘에 들지 않아도 나름대로.

이대로 괜찮다는 것을 알게 되겠지만

스텝 스텝 스텝

원을 그리며
스텝을 밟아도

앞으로 나아가지는

강을 건너지는 못할 것이다

내 손목에

어리석은
의지

멀리 보고 싶었지 그러나
흐른다

한 방울의 물도 흐른다
잡았다면 살았을까

나는 느낌만을 사랑했던 것 같다

흐르다가 부서지는 한 방울을

사랑하지 못하고
흐른다는 느낌을

손목을 잡고 있는 체온을 사랑하지 못하고
따뜻하다는 느낌을

여백을 사랑하지 못하고 여백이 주는

쓸쓸한 뒷모습을
사랑하지 못하고 느낌만을

사랑했던 것 같다

흐르지도 못하고 떨어지는 눈물이
부서지고 있는 것은 알지도 못했으면서

한 문장도 받아 적지 못했으면서
내 손목에 그런

어리석은 이야기

아무도 모르는 이야기는 없다
있다면
잊혔다고 적어야 할 것이며

손목에서 손은 흐르다가
오래된 새벽처럼

부서지는 것

해설

슬픔의 기원

박혜진(문학평론가)

1. 슬픔이 없는 시점

탈전체론을 주장하는 인류학자 메릴린 스트래선은 전지전능한 시선을 인류 문명사의 낡은 시점(視點)이라고 말한다.[1] 누구도 모든 것을 알 수 없기 때문이다. 21세기의 주류 세계관에서 전체론이 효용을 다한 시대착오적 관점이라는 인식은 놀랄 만한 것이 아니다. 오늘날 가장 영향력 있는 관점인 다원주의는 전체가 아닌 부분의 가치를 강조함으로써 전체론적 세계관을 극복한 것처럼 보이기 때문이다. 그러나 스트래선에게는 다원주의 역시 전체론적 세계관을 벗어나지 못한 20세기적 시선이다. 다원주의가 개인주의에 근거하여 각각의 개인이 견지하는 가치관과 이념을 허용하는 세계관이라고 할 때, 다원주의자들은 여전히 거대한 차원의 세계, 즉 전체라 부르는 세계 안에 부분이라 부를 수 있는 작은 세계가 있다고 가정하기 때문이다. 그러나 세계는 복잡하고 인간은 그러한 세계를 온전히 경험할 수 없다. 전체라는 개념은 경험할 수 없는 범위를 대상으로 인간이 만들어낸 상상의 산물인바, 인간은 오직 부분만 볼 수 있고 파편만 확인할 수 있을 따름이다. 따라서 다원주의에서의 부분이 전체라는 개념에 기대고 있는 이상 아무리 분절된다 해

1) 메릴린 스트래선의 주장과 관련한 내용은 『부분적인 연결들』(오월의 봄, 2019)을 참고했다.

도 분절된 파편은 전체와 부분의 관계를 벗어나지 못한 채 그 구조를 반복한다.

스트래선의 포스트 다원주의는 데리다의 '로고스 중심주의' 이론에 뿌리를 둔다. 전체론적 사고가 위계를 발생시키는 근원이라고 주장했던 데리다는 유럽 형이상학이 전체로서의 세계를 상정하기 위해 초월적 중심을 필요로 했고 이러한 중심을 상상적으로 구축함으로써 객관성을 표방했으며 이에 근거해 세계를 중심과 부분으로 구분한다고 보았다. 로고스는 서구와 남성을 중심에, 비서구와 여성을 주변에 위치시켰다. 데리다의 로고스 중심주의를 한층 급진적으로 발전시킨 스트래선은 여기에 '부분적 감각'을 더해 전체론적 사고를 한층 잘게 조각낸다. 부분적 감각이란 절단과 파편을 파괴적 시선, 즉 불안을 야기하는 불완전한 형태로 바라보는 대신 관계를 출현시키는 생성과 창조의 상태이자 행위로 바라보는 시선이다. 이는 개개인이 모두 온전하게 공존해야 한다는 다원주의적 관점과 구분된다. 부서지는 과정에서 만들어지는 부스러기들과 그 부스러기들이 연결되며 출현하는 관계는 인간으로 하여금 자신을 초과하는 시점을 획득할 수 있게 한다. 전체를 상정하지 않는 부분의 시점은 다원주의가 아니라 파편주의고 개인주의가 아니라 연결주의다.

스트래선이 인류 문명사의 낡은 시점이라 부른 전지적 시점을 홍지호 시인은 "누구도 슬퍼하지 않는 이야기의 슬픔"이 오는 곳이라고 말한다. 누구도 슬퍼하지 않는 이야기란 무엇이고 그러한 이야기의 슬픔이란 또 무엇일까. 모두의 기쁨이지만 누구도 그것을 자신의 기쁨이라 생각하지 않을 때가 있다. 모두의 고통이지만 아무도 그것을 자신의 고통으로 생각하지 않을 때도 있다. 이때 '모두'는 '전체'로 바꾸어 읽어도 무방하다. 앞서 언급한 것처럼 관념과 추상으로서의 전체는 실재하지 않는 허상에 가깝다. 누구도 슬퍼하지 않는 이야기란 모두의 슬픔, 혹은 전체의 슬픔에 대한 이야기이며 이런 이야기의 슬픔이란 전체라는 추상에서 비롯되는 슬픔이므로 전체를 구성하는 부분인 개인들에게는 영향을 미치지 못한다. 홍지호에게는 두 종류의 슬픔이 있다. 누군가의 고유한 슬픔과 누구도 슬퍼하지 않는 전체의 슬픔이다. 구체적으로 존재하는 슬픔과 실재하지 않는 슬픔. 슬픔은 인간의 거울이다. 우리는 슬픔을 통해 자신을 보고 슬픔을 통해 타인도 본다. 거울로서의 슬픔은 인간이 소유한 '초월적' 시선이다. 슬픔이 없는 시점, 그러니까 시인이 전지적 작가 시점이라 부른 그것이 모든 것을 보느라 누구의 슬픔도 보지 못한 것이라는 사실을 떠올려볼 때 우리에게 간절한 것은 슬픔의 시점이라 하겠다.

누구도 슬퍼하지 않는 이야기의

슬픔은 어디에서 오는가
묻는다면

아마도
전지적 작가 시점

이제 슬픔은
이야기를 아는
우리들의 몫이다

—「참배」 부분

서문과도 같은 시 「참배」는 슬픔에 대한 세 장면을 보여준다. 첫번째 이야기는 신전 기둥에 쓰인 "항상 기뻐하라는 문장"을 잘못 해석한 사람들에 대한 것이다. 두번째는 좋아하던 마네킹을 구매한 남자의 이야기다. 마네킹 주인에 의해 그가 사고 싶어했던 마네킹이 다른 마네킹으로 교체된 것을 알아보지 못하는 남자는 의심 없이 행복해한다. 세번째 이야기는 누구도 슬픔이 이야기를 지탱하는 힘이라고 생각하지 않는 어느 서사 창작 시간에 대한 것이다. 요컨대 슬픔은 진실의 말씀을 '오해'하고 진짜와 가짜를 '구분'하지 못하며 이야기의 본질을 '인식'하지 못한다. 오해하고 구분하지 못하고 인식하지 못하므로 누구도 슬퍼하지 않는 것이 전지적 작가 시점이라면, 전지적 작가 시점은 슬픔을 감당하지 않는다. 시인이 「참배」를 통해 말하는 슬픔은 감당하는 슬픔이다. 인간의 삶이 기쁨으로 가득차 있지 않다는 사실을 감당하고, 사랑하면서도 사랑하는 대상의 실체에 가닿지 못한다는 사실을 감당하며 서사에는 슬픔이 필요하다는 사실을 감당하는 것. 감당은 견디어내는 행위다. 슬픔 역시 그러하다.

개인이 감당하는 구체적이고 부분적인 슬픔이 선험적으로 존재하는 관념적이고 전체적인 슬픔에 우선한다는 「참배」의 주제의식은 부분과 전체의 관계를 거부하고 부분과 부분의 연결을 찾아 나섬으로써 이분법적 사고를 극복해야 한다는 스트래선의 관점과 닮아 있다. 이러한 관점은 『사람이 기도를 울게 하는 순서』 곳곳에서 다양한 방식으로 변주된다. "정원은 주로 공동의 것이란 말을 하려다 말았고, 모두의 것이라는 것은 누구의 것도 아니라는 생각도 말하지 않았다." (「정원에서」)는 공동의 것과 모두의 것이 가리키는 공허한 실체를 적시한다. "인생보다 긴 어제를 살겠지"(「화요일—조성」)라는 문장은 인생이라는 전체를 넘어서는 하루라는 부분을 보여주는 동시에 하루를 의미하는 어제를 미래 시점으로 서술하며 그야말로 완벽한 비문을 완성해 단절되면서 연결되는 부분의 가능성을 담아낸다. "지금 나는 우리가 함께였다가 헤어졌기 때문에 쓸 수 있는 편지를 쓰고 있어."(「가위에게(魘)」)에서는 "우리"에서 "나"로의 상태 변화가 가능하게 만드는 편지가 등장한다. 그 편지는 시집 『사람이 기도를 울게 하는 순서』이기도 하다. “굴러다니는 파편들을 발로 차는 놀이”(「씽크홀」)를 하며 뿌리가 자라고 충돌을 발생시키는 “간격의 기여”를 가늠하는 시인 홍지호가 그의 데뷔작이라 할 첫 시집을 통해 세상에 더하는 숱한 ‘부분적 감각’은 여전히 ‘전체’라는 관념 아래 붙들려 있는 ‘불완전한 부분’을 ‘완전한 부분’으로 독립시키기 위해 감행되는 슬픔의 경로 탐색이다. 나는 거대한 슬픔 사전 같은 그의 시에서 만난 ‘부분적 감각’을 복기함으로써 그의 시를 읽으며 걸어온 길에 몇 개의 이정표를 놓아보려 한다.

2. 부분의 발견-흩어지고 부서지고

포함된 작은 하나는 그것을 포함하는 큰 하나만큼 크다. 이를 증명하는 프랙털은 작은 구조가 그것을 포함하는 전체와 동일한 형태로 끊임없이 되풀이되는 구조를 뜻한다. 프랙털은 부분이 전체와 동일한 구조를 띠는 무한한 형태라는 점에서 부분이 전체의 일부이거나 전체에 예속되는 상하관계의 구조에서 벗어난다. 프랙털 구조의 자기동일성은 나뭇가지, 번개의 궤적, 눈송이의 구조, 인체의 혈관과 신경조직 등 자연계에서 어렵지 않게 발견할 수 있다. 그러나 우리가 살아가는 세계에서 그러한 구조는 쉽게 발견되지 않는다. 인간 사회에서 부분이란 전체와 일부를 공유하면서 전체의 하위 단계로 존재한다. 우리 안에는 내가 있지만 내 안에는 우리가 없다.

「심호흡」은 '우리'를 '나'와 '너'로 분할한다. "우리보다/ 나와/ 너가 좋아/ 물 한 방울이/ 더 좋아 최대한 흩어진 채로 우리는/ 뭉칠수록 위험해지니까 휩쓸거나/ 휩쓸리지 말자"고 선언하는 시는 뭉쳐야 한다는 오래된 격언과 반대로 뭉칠수록 위험해진다고 말하며 '나'와 '너'가 결합된 '우리'를 휩쓸거나 휩쓸린 상태로 규정한다. 우리는 나와 너를 포함하는 공동체적 주체가 아니라 힘의 우세에 따라 무의식적으로 결합된 물방울에 더 가깝다. 「심호흡」은 "만장일치"라는 사회적 합의 상태를 물방울이 휩쓸리고 휩쓰는 상태, 즉 힘에 의해 무의식적으로 완성된 "우리"라는 자연적 결합에 빗대어 표현한다. 흩어져야 산다. 누구도 휩쓸지 말고 누구에게도 휩쓸리지 않는 물 한 방울로 존재해야 한다. 이때의 전환은 심호흡처럼 "당연한 것들이 뒤집어지는 순간"이기도 하다. 「심호흡」이 전체의 완결성과 완전함을 부정함으로써 부분의 의미를 부각하고 발견한다면 「기후」는 부분과 부분의 연결로 인해 발생하는 상황을 그린다.

젖어 있어서 손이 시렸어 손이 시린데 나의 손만큼만 손이 시린 거야

추워보자고 좀 추워보자고 발가벗고 바람을 맞아봐도
나는 나의 몸만큼만
추운 것이다 자꾸 나의 몸만큼만

그때부터 달라졌던 거 같다

그때부터 너의 추위를 느껴보고 싶었지 그때부터
너의 추위를 느끼고 싶어서
떨면서 자고 있는 너를 안았는데

자꾸만 따뜻해지는 것이다 자꾸
따뜻해지기만

—「기후」 부분

손이 시려도 "나의 손만큼만 손이" 시리고 추워도 "나의 몸만큼만" 추위를 느끼는 "나"는 자신을 넘어서는 영역을 감각할 수 없다. 신체가 결정짓는 경계에 한계를 느낀 "나"는 "너의 추위를 느껴보고" 싶은 마음에 역시나 추위에 "떨면서 자고 있는 너를" 안아본다. 그런데 너의 추위를 느껴보고 싶었을 뿐이었던 "나"는 기대했던 것과 달리 추위가 아니라 따뜻함을 느낀다. 추운 하나의 몸과 추운 또다른 몸이 만나서 자꾸만 따뜻해지는 이상 현상을 경험하는 것이다. 두 사람의 추위가 만나서 따뜻함이 발생했다는 이 시의 제목이 '기후'라는 것은 다소 의아하게 여겨질 수 있다. 그러나 그 어긋남이야말로 시를 통해 시인이 말하고자 하는 바를 전달하는 장치다. 기후는 장기간의 대기 현상을 종합한 것을 뜻한다. 일정 지역에서 여러 해에 걸쳐 나타난 강수량, 기온, 바람 등의 평균 상태를 기후라고 부른다. 시간성이 전제된 기후라는 개념은 인간의 예측과 통제가 닿을 여지가 거의 없는 자연 그 자체다. "겨울은 왜 이렇게 추울까" 물어도 "겨울은 겨울"이라고 대답할 수밖에 없다. "겨울이 추워야 하는 이유를 생각하고/ 길에서 자는 사람들을 생각해"봐도 "겨울은 겨울"이라는 말밖에 다른 말을 떠올릴 수 없다. 신이 있다면 기후의 모습을 하고 우리 앞에 나타나는 게 아닐까. 기후의 영역은 인간을 벗어난다.

추운 한 사람이 상대방의 추위를 느껴보고 싶어 포옹했을 때 자신이 체감하던 추위가 따뜻함으로 바뀌었다는 것은 신이 주관하는 결정된 세계인 자연에서 살아가는 불완전하고 불확실한 존재인 인간이 겨울에 맞서 온도를 높일 수 있는 유일한 방법은 아니다. 인간의 체온이 변화할 수 있는 조건에는 여러 가지가 있다. 타인의 추위를 느껴보기 위해 그를 끌어안는 행위는 다만 체온의 변화만을 뜻하지 않는다. "나"의 몸과 "너"의 몸이 접촉하면서 이끌어내는 체온의 변화는 부분과 부분이 연결되며 예상했던 '추위'가 아니라 예상치 못했던 "따뜻함"이 느껴졌다는 사실에 있다. 이때의 따뜻함을 반드시 긍정적인 의미로, 추위를 반드시 극복하거나 소거해야 하는 부정적인 의미로 볼 필요는 없다. 타자와 만나려는 행위가 상상을 넘어서는 상태를 불러일으킨다는 데에 핵심이 있기 때문이다. 홍지호의 부분적 감각은 "서로를 향해 날아가지"(「새들」) 않는 새들의 방향처럼 "흩어지지 않는 세 마리의 새"보다 그들과 방향이 다른 "한 마리의 새"에 관해 이야기한다. 세 마리의 새와 떨어진 한 마리의 새와 어디로도 휩쓸리고 싶지 않은 한 방울은 '하나는 너무 적지만 둘은 너무 많아'[2] 하나와 둘 사이에서 무수하게 발생하는 부스러기를 바라보는 시인의 눈은 다시 또 슬픈 시점을 하고 있다.

3. 부분의 발견-눈물이 흐르고 자막은 지나가고

"밤이 와도 밤은 지나간다/ 낮이 와도 낮은 지나가고"(「산책」). 홍지호의 시를 대표하는 동사를 하나만 고르라면 고민 없이 '지나가다'라고 말하겠다. '지나가다'는 시간과 공간의 이동을 의미하기도 하지만 사라짐을 의미하기도 한다. 「월요일」에서 「일요일」에 이르기까지 일주일의 요일을 테마로 한 시편들은 시간성을 드러낸다. "처음은 자꾸 지나간다"로

---

2) 같은 책, 127쪽.

시작하는 시 「월요일」은 처음이 지나간 이후 변화하는 감정들과 처음에 부여되는 특권들을 통해 반드시 지나가게 되어 있는 처음의 순간을 일주일에서 발췌해낸다. 「화요일—철거」는 "철거 후 공원이 조성될 예정"이라고 쓰여 있는 폐건물을 지나칠 때 '조성'되는 공포를 통해 공간을 지나가는 순간의 감각을 환기한다. 「토요일」은 일주일의 여섯번째 날이다. 여섯번째 날에 신은 인간을 창조했고 여섯번째 날을 헤아리기 위해 여섯 개의 손가락을 상상한다. 인간을 창조한 신이나 육손이에 대한 내용은 지나가고 사라진 것들, 요컨대 태초의 흔적에 대한 상상이다. 「목요일」은 일주일의 가운데에 있다. 죽음에 앞서 쓰이고 죽음이 지나간 후에야 그 실체가 확정되는 유언은 삶과 죽음 가운데에 있다. "계절과 계절 사이/ 그런 것은 존재하지 않는다"는 「수요일—환절기」는 계절이 지나가는 사이에 잠깐 존재하는 시간을 인식하는 일의 어려움을 드러내고 "오늘은 지나가고/ 오늘이 지나면/ 내일이 올 것처럼/ 오늘이 온다"라고 말하는 「일요일」의 비문은 "순서보다 중요한 것들"을 보여주고 싶어한다. 지나가는 요일들을 멈추자 안 보이던 부분들이 떠오른다.

지나감의 감각은 흐름의 이미지를 통해서도 구현된다. 「못」은 못에서 낚시하는 사람을 만나 짧은 대화를 나눈 화자가 그의 죽음에 대해 알게 되는 상황을 그린다. "눈물은 썩지 않는다네 계속/ 흐르는 것이기 때문에" 죽은 사람의 말은 '나'의 기억 속에서 좀처럼 사라지지 않는다. 사람의 죽음이 인식되는 과정에서 두 사람이 만난 장소였던 '못'은 사람의 눈에 고여 있던 눈물의 발원지로서의 '못'으로 전환된다. 고여 있는 물의 이미지로 등장한 못은 흐르는 눈물이 고여 있는 장소로서의 못으로 바뀌며, 멈추지 않고 흐르는 눈물의 상태가 고여 있는 못이 썩지 않을 수 있게 하는 이유임을 암시한다. 「못」에서는 두 사람이 교차하듯 못과 못이 교차한다. 수평적으로 흘러가는 시간과 수직으로 흘러내리는 눈물의 이미지가 교직하며 슬픔과 회한의 감각이 만들어지는 사이 눈에 띄는 또 한 편의 시가 있다. 「못」이 눈물의 움직임, 말하자면 슬픔의 표현에서 부패하지 않는 세상의 원동력을 읽어내는 시라면 「시사회」는 타인의 눈물에 함께하지 못하는 심리에 주목한다.

우리는 흰 까마귀가 울거나
먹어도 먹어도 줄어들지 않는 케이크를 먹거나
사람이 사람을 살리거나
시작하자마자 주인공이 죽어버리는
이상한 장면에서 동시에 울었다
그래서 좋았다
그래서 그 장면들은 정말로 복선이었으므로
복선인 거 같다고 말하지 못했다
주인공이 케이크를 엎어버리는 장면에서는 혼자 웃다가

동시에 웃던 장면을 생각하면서 울었다
돌아가고 싶다 당신이 혼자
울고 있는 장면에는 자막이 없을 때
서로가 꼽은 명장면에 대해 이야기할 때
이유를 말하지 못했다
당신이 혼자 울고 있었다고 그래서 우는 척을 했다고

—「시사회」 부분

「시사회」는 영화관에서 함께 영화를 보는 두 사람에 관한 이야기다. 함께 영화를 보는 우리는 이상한 장면에서 동시에 운다. 동시에 웃던 장면들을 생각하면 혼자 웃다가도 눈물이 난다. 그러나 "당신이 혼자 울고 있는 장면에는 자막이 없을 때", 나 혼자 웃음이 터진 어느 장면처럼 당신이 울고 있는 장면에서 나는 도저히 눈물이 흐르지 않는다. 불행하게도 당신이 눈물 흘리는 연유를 추측할 수 있는 자막이 없다. 당신이 혼자 울고 있었으므로 나는 다만 우는 척을 한다. 눈물에 포함된 성찰과 회한, 공감과 감동 등의 감정이 세상을 부패하지 않게 하는 동력이라는 사실에는 이견이 있을까. 그러나 슬픔의 공통 감각은 언제나 조금씩 어긋나 있기 마련이다. 「못」과 「시사회」는 타인의 눈물을 납득하면서도 눈물의 의미를 완전히 이해하지 못한 타인의 시선에서 슬픔의 속성을 생각한다.

슬픔의 시점은 언제나 종국엔 다다를 수 없는 영역이 있음을 인식한다. 그래서 부분적 시점이며 연결을 통해 다다를 수 없는 영역을 좁혀가는 인간의 시점이기도 하다. 그러나 타인의 슬픔을 이해한다는 것이 자신의 슬픔에 기대 타인의 슬픔을 짐작하는 일에 불과하다는 것이 모종의 한계만을 의미하지는 않는다. 「기후」에서와 같이 '나'의 추위와 비교하기 위해 '너'의 추위를 경험해보려고 할 때 의외의 따뜻함을 느끼는 것은 어긋남에서 비롯된 온도 상승의 결과였기 때문이다. 어긋남과 시차는 오히려 더 많은 연결을 가능하게 한다. "우리"가 "나"와 "너"로 나뉜 다음에야, "함께하던 우리가 헤어진 다음에야 쓸 수 있는 편지"(「가위에게(魘)」)에는 "구체적인 어떤 것과도 무관한 포옹을 선택"하겠다는 "나"의 다짐이 있다. 어떤 것과도 무관한 포옹은 '우리'가 되기 위한 목적에서 비롯된 포옹이 아니다. 오히려 우리가 되고자 하는 목적 없이 행하는 포옹이다. 헤어진 다음에야 쓸 수 있는 편지란 나를 포함하고 있는 우리가 없어진 다음에야 쓸 수 있는 편지다. 자유로워서 슬프고 슬퍼서 자유롭다.

4. 슬픔의 가장자리에서

타인의 슬픔에 동참하고 나의 슬픔에 타인을 초대하기 위해서는 슬픔의 재배치가 필요하다. 홍지호가 그의 시집에서 구축하고자 한 세계는 고유한 슬픔만을 경험할 수 있을 뿐인 우리가 전체라는 이름에 점령당한 슬픔의 영역에서 자신만이 소유할 수 있는 부스러기를 되찾는 과정이자 고유한 슬픔들이 타인의 슬픔과 재회하는 부딪침의 장소를 발견하는 과정이기도 하다. 눈물과 슬픔의 정념이 흘러넘치는 이 시집에는 "얼음의 두께를 의심하지 않"고 "얼어붙은 강을 건너고 있"는 사람들로 가득하다. "얼어붙은 강에서는 한 발자국도 확신할 수 없"다. 그럼에도 그 위에서 스텝을 밟는 사람들이 있다. 「왈츠」는 얼어붙은 강을 건너는 두 사람이 미끄러지듯 원을 그리며 춤을 추는 장면을 묘사하는 시다. 이들의 춤은 한 발자국도 확신할 수 없는 땅 위에서 무한한 확신의 스텝을 밟는다. 얼음 위에서 손을 맞잡고 상대방 움직임을 좇으며 궤적을 만들어나가는 이들의 대책 없는 방향을 동경하지 않을 수 있을까. 이들의 스텝은 도착하기 위해 축적되는 발걸음이 아니라 내딛는 순간 휘발되는 발걸음이다.

사람들이 얼어붙은 강을 건널 때 두 사람은 마주 보고
춤을 추고 있었다. 왈츠는 두 사람이 원을 그리는 춤이다.
두 사람은 원을 그리고 있었다. 미끄러지듯이. 원을 그리
다보면 원을 그리게 되고 서로의 눈동자가 둥글다는 것.
눈동자에 자신이 담겨 있다는 것. 그걸로 충분하다는 것

과 비둘기와 세상이 맘에 들지 않아도 나름대로.
이대로 괜찮다는 것을 알게 되겠지만

스텝 스텝 스텝

원을 그리며
스텝을 밟아도

앞으로 나아가지는

강을 건너지는 못할 것이다.

—「왈츠」 부분

왈츠의 어원은 '돌다'라는 의미의 독일어 waltzen(구르다, 돌다)이다. 남녀가 함께 원을 그리는 춤. 리듬과 춤이 완벽하게 일치하는 동작. 작은 원을 그리며 큰 원을 따라 도는 두 사람을 보고 있으면 그 두 사람이 돌고 돌다 아주 먼 곳으로 영원히 흘러가버릴 것 같다는 느낌이 든다. 방향을 특정하지 않고 돌며 흘러가는 그들은 시에서 예상하는 것처럼 앞으로 나가지도 못할 테고 강을 건너지도 못할 것이다. 원을 그리며 스텝을 밟아서는 강을 '건너'갈 수 없다. 강을 건너려면 흐름에 역류해야 하기 때문이다. 흐르는 강의 방향을 거스르는 움직임과 비교하면 원을 그리는 왈츠는 강의 흐름에 따라 더 멀리 흘러가는 움직임에 가깝다. 이들의 춤사위는 도착을 예정한 움직임이 아니라 아무데도 도착하지 않기 위해 끊임없이 부유하는 움직임이다. 부유는 부분이 부분으로 존재하기 위한 동작이자 상태다. 부유한다는 말은 정착하지 못한 상태, 도착하지 못한 상태로서 불안하고 불완전하며 일시적이고 잠정적이라는 의미로 통용되기도 한다.

"이 밤을 이렇게밖에 보낼 줄 모르고" "추위를 이렇게밖에 견딜 줄 모르"는 우리가 "오늘은 달이 없네 말하자 오늘은 달이 안 보이네 라고 고쳐주는 목소리"(「화요일—철거」)가 울린다. 그것은 마치 시인의 목소리와도 같다. 시를 읽는 내내 우리의 마음속에 자리한 슬픔의 가장자리는 흩어지고 번지며 슬픔의 배치를 바꾼다. 없는 것에서 보이지 않는 것으로, 전체와 부분의 시점에서 부분과 부분의 시점으로, 슬픔이 없는 시점에서 슬픔을 아는 시점으로…… 점멸하는 슬픔에 얽힌 이야기들이 진부하지 않은 것은 부분적 감각이 슬픔의 중심에 관심이 없기 때문이다. 슬픔의 가장자리에서 한 슬픔과 다른 슬픔이 연결되는 관계는 "같은 문장에서 다른 문장을 발견"(「존」)하는 것처럼 다른 이야기다.

슬픔에 대한 홍지호의 시는 잠자는 우리의 슬픈 감각을 흔들어 깨운다. 잠에서 깨어난 슬픔은 혼자인 우리를 타인과 연결시킨다. 이 글의 끝에서 「가창력」이 떠오른 건 연결의 순간에서 슬픔의 기원을 찾았기 때문이다. "내가 좋아하는 가수는 노래를 못한다네/ 그것은 슬픈 일이라네" 그것이 슬픈 일인 까닭은 앙콜을 외치는 사람이 아무도 없어서도 아니고 노래를 못하는 그에게 노래가 전부여서도 아니다. 내가 좋아하는 가수가 노래를 못하는 일이 슬픈 이유는 "내가 그를 좋아하기 때문"이다. 노래를 못하는 것은 슬픔의 조건이 아니다. "언제나 누군가 누군가를 좋아하기 때문"에 슬퍼진다. 우리를 슬프게 하는 것들은 좋아하지 않을 수 없는 마음이다. 좋아하는 마음이 커질수록 슬픔의 가장자리가 닳아간다. 가장자리가 닳아가면 슬픔은 흩어지고 날아가고 다른 슬픔을 찾아 나선다. "바람은 어딘가에서 쏟아진 마음이라는 말"을 기억하며 "낙하하는 것"(「토로」)들을 바라보는 눈은 슬픈 인간의 오래된 시점이자 인간이 자신을 초과하는 유일한 시점이다.

홍지호 1990년 화천에서 출생했다. 2015년 『문학동네』를 통해 등단했다.

문학동네시인선 147
사람이 기도를 울게 하는 순서

1판 1쇄 2020년 9월 25일
1판 4쇄 2022년 10월 28일

지은이 | 홍지호
책임편집 | 김영수
편집 | 이재현 강윤정
디자인 | 수류산방(樹流山房)
본문 디자인 | 유현아
마케팅 | 정민호 이숙재 박치우 한민아 이민경 안남영 왕지경 김수현 정경주
브랜딩 | 함유지 함근아 김희숙 고보미 박민재 박진희 정승민
제작 | 강신은 김동욱 임현식
제작처 | 영신사

펴낸곳 | (주)문학동네
펴낸이 | 김소영
출판등록 | 1993년 10월 22일 제2003-000045호
주소 | 10881 경기도 파주시 회동길 210
전자우편 | editor@munhak.com
대표전화 | 031) 955-8888 팩스 | 031) 955-8855
문의전화 | 031) 955-3578(마케팅), 031) 955-2679(편집)
문학동네카페 | http://cafe.naver.com/mhdn
인스타그램 | @munhakdongne 트위터 | @munhakdongne
북클럽문학동네 | http://bookclubmunhak.com

ISBN 978-89-546-7495-9 03810

* 이 시집은 2016년 한국문화예술위원회에서 한국예술창작아카데미 지원금을 받았습니다.

www.munhak.com

문학동네